世界並不美麗。但也因此美麗無比。

—The world is not beautiful. Therefore, it is.—

序幕「在森林裡・b」
—Lost in the Forest・b—

於是黑夜降臨。

幾乎沒有一絲亮光，

也看不到月亮或星星。

只聽見森林在微風吹拂下所發出的雜音，像是在點綴這個黑夜。

「話是沒錯……我有點懂了，可是……」

此時突然響起人類的講話聲。聽起來像是少年，但聲調略為高亢。

「妳有點懂了，又可是什麼？」

另一個聲音像是在催促對方接著說下去般的響起。感覺比第一個還要年輕，聽起來像是小男孩。

經過短暫的沉寂之後，第一個聲音輕輕地開口說話。口氣聽起來像在自言自語，而且是朝空無一人

的地方講的。

「我啊，有時候會不由自主的這麼想，自己是不是個無可救藥又愚蠢的矮冬瓜？是不是個非常卑鄙的人？雖然不知道為什麼會這樣，但就是會這樣覺得。而且腦袋裡就只有這種想法……不過那個時候我就會感受到除了自身之外，譬如世界啦、其他人的生存之道等是多麼的美麗、多麼的完美。而且會覺得它們很可愛呢……我覺得我就是為了想更了解這些事情，所以才會開始這趟旅程的。」

停頓一會兒之後，她又繼續說：

「只要我繼續旅行，許多痛苦或悲傷的事一定會不斷出現在我眼前。」

「嗯──」

「就算這樣，我也不打算要停止旅行。反正我也樂在其中，就算必須殺人，我也要繼續下去。況且呢……」

「況且什麼？」

「要停止的話，隨時都能夠停止。所以我才打算繼續旅行。」

第一個聲音斬釘截鐵地說道。然後又問……

「這樣你懂了嗎？」

「老實說不是很懂。」

另一個聲音答道。

「那也無所謂啦。」

「是嗎？」

「搞不好連我自己也不太懂，也還感到迷惑。所以為了要更瞭解旅行的目的，才不斷的旅行吧？」

「這樣啊——」

「好了，我要睡囉。明天還有很長的路要走呢。……晚安，漢密斯。」

「晚安，奇諾。」

黑夜裡響起一陣厚布摩擦的聲音，不久後歸於寂靜。

「在森林裡・b」
—*Lost in the Forest*・*b*—

第一話
「瞭解人類痛苦之國」
—I See You.—

第一話「瞭解人類痛苦之國」
—I See You.—

在一片綠海之中，茶色的線無限延伸著。

那只是用泥土簡單鋪成的一條道路，並且筆直的向西延伸。四周一片高及膝蓋的草原，就像是要顯示出風的軌道般地呈現出徐緩的波動。附近跟遠方都不見一棵樹木。

道路的正中央有一輛摩托車（註：Motoride=兩輪的車子，尤其是指不在天空飛行的交通工具）正在行駛。後方的貨物架上綑綁著一只略髒的包包。

摩托車的引擎一面發出聲響，一面用相當快的速度奔跑，但偶爾會左右搖晃一下。這時候騎士會趕緊把方向打回來，彎著身子修正前進方向。

騎士身材瘦削，穿著黑色夾克，腰上繫著寬皮帶。皮帶上掛著幾個小腰包，後面則懸掛著掌中說服者（註：Peasuader=說服者為槍械。在此指的是手槍）的槍袋。裡面有一把槍托朝上插著的自動式說服者。

右腿上還有一把左輪式掌中說服者插在槍袋裡。為了防止它掉落，還從槍袋用一條短繩把擊鐵繫住。

帽子有點類似飛行帽，只是前面還多了片帽沿，而且還有禦寒用的耳罩。耳罩整個被塞到防風眼鏡的鬆緊帶下，現在則因為風實在太強而被吹得啪噠啪噠地飄。但相對的如此可防止帽子因為風壓被吹落。

防風眼鏡下的表情很年輕。有著大眼與精悍五官的臉孔，現在則是充滿了疲倦的神情。

摩托車對騎士說：

「受不了，真搞不懂奇諾妳在想些什麼？既然有現成的食物，把它吃掉不就得了？」

被稱為奇諾的騎士如此回話：

「好不容易找到可以歇腳的城鎮，我才不想吃攜帶糧食呢。」

在他們前進的路線前方，隱隱約約可看到城鎮的外牆。

「況且存糧是最逼不得已的時候才能吃的。」

就在那一剎那，前輪因為路面凹凸不平而打滑，使得摩托車整個重心不穩。奇諾連忙抓回平衡感。

「嗚哇！」

「對不起，漢密斯。」

奇諾到底還是稍微放慢了速度。那輛叫漢密斯的摩托車開始碎碎唸起來。

「真是的，那個國家也不一定會有食物喲。要是裡面沒半個人，看妳怎麼辦？」

「說的也是，到時候就……」

「就怎樣？」

「就看著辦吧。」

抵達外牆前面之後，奇諾把漢密斯停下來。在眼前高聳的城牆前是條護城河，而且有座拉高式的吊橋。

奇諾發現吊橋前有棟小建築物，於是就準備從漢密斯上下來。這時漢密斯卻搖晃了起來，奇諾這才發現自己忘記立起主腳架。結果讓漢密斯因為缺乏力量支撐而往左邊倒下。

「喂喂，搞什麼啊！想不到妳這麼細心的人也有凸槌的時候。好了，快把我扶起來吧！」

倒在地上的漢密斯內心感到訝異的說道。奇諾馬上設法把它扶起來，不過動作卻突然停了下來。

「怎麼了？」

漢密斯詢問著。只聽見奇諾用微弱得像蚊子叫般的聲音回答：

「我餓到沒有力氣了……」

「所以我才叫妳要吃午餐啊……奇諾妳要知道！過去我也講過好幾次了，騎摩托車是一種運動。雖然所耗的體力沒有腳踏車那麼多，但光是騎車也會消耗相當多的體力。要是等到自己不知不覺沒了力氣，甚至連頭都沒辦法轉動，到時候連平時馬上就能做出的反應都會變得遲鈍喔。結果就很容易引發意外什麼的……喂，奇諾妳到底有沒有在聽啊？」

那棟建築物裡面沒半個人影。

倒是擺了一台很像是巨大自動販賣機的機器。當奇諾一踏進屋子，它也跟著啟動，並且詢問了幾個簡單的問題，不一會兒就發下入境許可證。吊橋也放了下來。

「怎麼這麼快就回來了？」

以主腳架支撐著的漢密斯對走回來的奇諾問道。

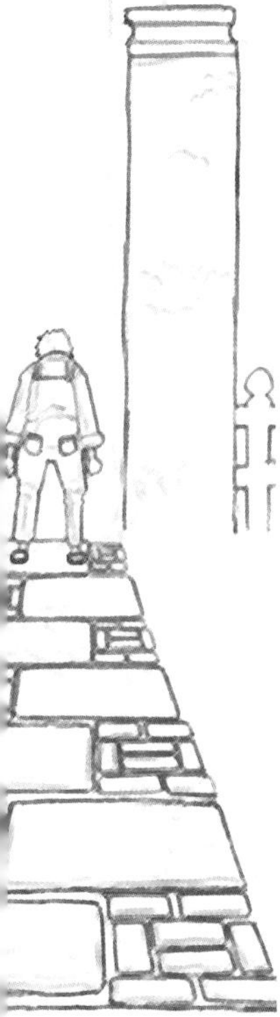

「好奇怪哦。」

奇諾跨上漢密斯後發動了引擎。

「什麼好奇怪？」

「裡面一個人也沒有，只有機器。」

奇諾將漢密斯發動，然後渡過了吊橋。

「會不會進了城之後也看不到半個人呢？」

漢密斯用開玩笑的口吻說道。

想不到還正如它所說的。

「吃飽了嗎？」

「吃飽了。」

奇諾一臉滿足地回答，並且走回停在建築物前的漢密斯那兒。

「裡面有人嗎？」

「一個也沒有。」

奇諾簡短地回答並跨上漢密斯。然後往四下看了一看。

這條寬敞的柏油路兩旁有著許多平房式的建築物。而奇諾剛剛走出來的那棟建築物上還掛了「餐廳」的招牌。

街道還設有寬廣的人行道，街燈與路樹也排列得很整齊。往前走幾步路還可看到十字路口，也設有紅綠燈。這條路很筆直地往前延伸。前方則是森林，放眼望去是一片盎然的綠意。

後方可以看見剛剛穿過的城牆，但看不清楚左右兩端的盡頭。光從這點來看就知道這個城鎮非常大，而且一片平坦。

「沒半個人卻有料理會出現？」

「嗯，全都是機器煮的。很好吃哦。」

「好奇怪的城鎮。」

其實在這之前，奇諾跟漢密斯進城的時候就沒看半個人。整座城非常雄偉，道路也非常整潔。但就是沒看到任何人類。

這時候一輛車開了過來並在奇諾與漢密斯前面停了下來。車門打開之後，沒有人走下車，出來的反而是機器。當它說完入境歡迎詞，就拿出這座城的地圖給她們。奇諾收下以後，它又關上門驅車離去。

奇諾便先從地圖上尋找有沒有什麼能吃飯的地方。不久她便發現這附近有一間餐廳，進去之後發現裡面果然沒半個人。不過店內很寬敞，也打掃得相當乾淨。

迎接奇諾的是輪椅上搭載著電腦又裝著手臂的機器，由它來負責點菜。於是奇諾點了類似義大利麵的食物、不曉得是什麼肉的排餐及有著陌生顏色的水果。等了沒一會兒，機器做的料理被送了上來。奇諾吃完之後再把錢付給機器。

價錢實在超級便宜。

然後機器還目送她走出餐廳。

奇諾在附近的導覽板上找到可以補給漢密斯燃料的地方，便往那裡前進。還是一樣，沒看到任何人。途中雖然有看到車輛並了追上去，但卻是一輛無人的清掃車。奇諾在沒有人的加油站裡幫漢密斯加油。而且也是相當便宜的價格。

再來是找旅館。到了目的地之後，那裡同樣沒有人。

豪華的旅館裡裡外外都打掃得很乾淨，大廳的大理石也閃閃發亮。櫃台則是由機器坐鎮，所有住房手續都俐落地處理完畢。價格也一樣是很便宜。

奇諾推著漢密斯走進房間。結果那是她過去從未見過的豪華房間。奇諾還一次又一次的跟機器服務生確認她們真的可以住這個房間嗎？會不會是櫃台把房間等級搞錯了？你們知不知道我可不是國王哦？如果想在事後索取巨額房錢，我可是絕對付不出來等等。

「天生貧賤命！」

漢密斯喃喃地如此說道。

奇諾在大到毫無意義的寬敞浴室裡沖澡，然後換上乾淨的內衣褲。本來她準備要洗衣服的，後來發現旅館有代為洗衣的服務，便請它們過來收。果然機器真的來收髒衣服，並且說明天就會把衣服洗乾淨送來後便離開了。

奇諾跟漢密斯把拿到的地圖放在絨毯上整個攤開。

他們目前所在的旅館是位於離城鎮入口不遠的「東城門・購物街」這個區域。圓形的城鎮非常廣闊，剛剛奇諾她們走過的地方不過是其中一小部份而已。

城鎮的中央有個用淺紅色標示「中樞・政治區」的圓形區域。南方有一片用藍色標示的大湖。其他用茶色標示的「工廠・研究所」區域，則位於城鎮的北方郊區。

而其餘的全都是用淺綠色標示的「居住區」。這部分佔了整個城鎮面積一半以上。

「結果還是有人類居住嘛！」

「能夠製造這麼多機器，而且全都能精確的運轉。照理說應該是有人類在才對。至少不可能會像之前去的國家那樣，最後只剩下一個人才對。」

「那麼……為什麼會看不到半個人呢？」

「這個嘛，我所能想到的原因是……譬如說基於宗教問題無法外出，或正好是假日、午休時間等等。或者，他們並不住在這一帶。」

「換句話說……他們都在居住區？」

「應該吧。」

「好！過去看看吧，奇諾！」

漢密斯興奮的提高聲調，但奇諾一面搖頭一面說：

「不要，我今天不想去。現在過去的話無法趕在太陽下山前回來。就算是在市區，我也不想在晚上騎車。而且……」

「而且什麼？」

「我好睏，我想睡了。」

「啊？平常這時候妳都還沒睡耶！」

就在漢密斯這麼說的時候，只見奇諾從槍袋裡拔出說服者，然後連同背心拿在手上搖搖晃晃地走向床鋪。

「話是沒錯……不過漢密斯，我只要一看到乾淨的床鋪就會很想躺上去。同時也會變得很想睡……」

奇諾話還沒說完就把夾克掛在床邊，說服者放在枕頭下。然後鑽進軟綿綿的被窩裡，似乎還唸了一句「好幸福哦～」，就馬上睡著了。

「真是天生貧賤命。」

隔天，奇諾在黎明的時候起床。

她領了房間的包裹，原來是昨天送洗的衣服。已經乾淨得像全新的一樣。

奇諾開始保養她那兩把說服者。

插在腰後面的自動式那把，奇諾叫它「森之人」。使用的是二二LR彈，是一把細長型的手槍。子彈的破壞力雖不大，但長長的槍管重量適中，因此命中的準確度不錯。

奇諾把「森之人」彈匣裡的子彈取出，重新裝在另一個彈匣裡。

另一把掛在她腿上的說服者，俗稱「卡農」。是一把單手操作式的左輪手槍。所謂的單手操作式是每開一次槍就得用手扳開擊鐵的系統，因此光是要扣扳機開槍就有兩段式的動作。

「卡農」並沒有使用彈殼，而是把火藥跟子彈直接填充進轉輪裡。因此如果要再度填充就必須用手一一地把火藥、子彈及雷管塞進去。雷管是裝火藥用的一個小蓋子，就裝在轉輪後方，擊鐵只要碰撞到這個就會點燃火藥。

奇諾換上「卡農」的空轉輪，然後一次又一次地做拔槍射擊的練習。

隨後她沖了個澡。

當她走進大廳附近的餐廳，裡面早就準備好一整排專門為她準備好的歐式自助餐菜餚。機器準備好平底鍋，跟她說想吃什麼樣的蛋包飯，它都做得出來。

奇諾當然是先確定飯錢是否有包括在住宿費裡。

她飽食了一天份的美食之後又回到房裡。因為吃得太飽了，便休息了一會兒。

等到日上三竿的時候，奇諾把漢密斯敲醒。她把行李全堆在漢密斯身上，準備要退房離開。然後照著地圖前往「居住區」。

「居住區」幾乎全是在森林裡。有粗壯的樹木及不少潺潺的小河流。耳邊還聽得到鳥叫聲，乾淨的空氣則讓人覺得神清氣爽。

奇諾跟漢密斯走在完全沒有鋪設的小路上。

一路走來到處可見民宅，全都是造型相同的寬敞平房，彷彿是為了不被人發現似的建造在森林當中。跟鄰居都有一段相當遠的距離。

奇諾跟漢密斯想說這裡有可能遇到人類，便在林間道路走了好一會兒，但還是沒見到任何人。

奇諾在看得見房子的位置讓漢密斯停下來。如果是廢棄屋的話必定會散發出某種涼意，但這裡卻沒有。反而跟他們在其他國家看到的一樣，屋裡充滿著有人居住的溫暖感覺。

她看了一會兒，但沒有看到人影。後來覺得擅自闖入別人家裡是件很不禮貌的事，便騎著漢密斯離開。

結果她們還是沒看到任何人，所以就來到了城鎮的中心「中樞．政治區」。

森林轉變為大樓，鋪設完全的道路非常寬敞。不過他們依舊沒看到任何人。即使嘗試追上正在行駛的車輛，但又是無人駕駛的清掃車。

奇諾跟漢密斯走進一棟高聳的大樓。她們搭電梯到最頂樓之後，發現裡面設有可眺望全城的瞭望台。

奇諾跟漢密斯從這打掃的乾乾淨淨卻不見人影的瞭望台眺望全城。在這裡依稀可見位於遠處的城牆，正如地圖所示，綠色的部分相當的廣闊。

就連隔壁大樓當中也不見人影，只有各種形狀的機器正在努力打掃。

奇諾從行李袋裡拿出狙擊用的望遠鏡。一面改變倍率一面窺看森林裡的房屋。

「我其實不太贊同妳這麼做耶……」

漢密斯碎碎唸道。

過沒多久，

「看到了，是人耶。」

眼睛緊貼著望遠鏡的奇諾說道。

「真的？真的嗎？」

漢密斯大聲反問。

「嗯，有棟房屋前面站著一個人。是個普通的男人，好像在做什麼運動……離不遠的房屋也有一個人，是一名中年女性。她在庭院……不曉得在做些什麼……啊，她進屋子裡了！有些房子的房間裡有點燈呢。」

這時候奇諾停止窺看，把望遠鏡收進行李裡面。

「我說的沒錯吧，這裡的確有人住。」

「嗯，剛剛的確有那種感覺。只是說，怎麼都沒看到半個人在外面晃呢？」

面對漢密斯的詢問，奇諾坐在瞭望台的長椅上說：

「這我也不知道。會不會是覺得我們旅行者很稀奇，他們覺得害怕呢？可是……」

「可是什麼？」

「照理說感情融洽的居民應該也會互相見面，開開心心的生活才對。但這個國家看不出居民有見面的跡象耶。也沒有人出門。感覺好像全家窩在屋子裡似的。」

奇諾再一次往窗外看。整潔並且相當整齊的街道、充滿自然風味的森林居住區。就城鎮的功能來說，算是她看過以來最優秀的了。

「究竟是為什麼呢？」

奇諾喃喃自語道。

接著奇諾跟漢密斯來到了「工廠．研究所」的區域，參觀了全自動控制的工廠。親切有禮幫她們進行說明的導遊，依舊是機械。

奇諾曾詢問那機械為什麼這個國家看不到半個人類，但是並沒有得到回答。

傍晚，奇諾跟漢密斯趁天色還沒變暗以前趕回去昨晚住宿的旅館。原本她們可以再找其他旅館住的，但因為奇諾覺得那裡的早餐很好吃，於是她們又特地橫越城鎮回到了東城門。

途中，她們仍然沒見到任何人。

隔天早上，奇諾很快地飽餐了一頓。

幫漢密斯補充燃料，買好攜帶糧食之後就穿過城鎮往西方前進。她打算從正西方的城門出境。

早晨的森林裡只聽見漢密斯的引擎聲。奇諾不太希望在居住區發出噪音，但這也是她僅能控制的。她只能儘量不要讓引擎過度迴轉地慢慢行駛。

森林裡有個不高的山丘，奇諾騎到上面之後就把引擎熄火。再順著坡道滑行而下。

奇諾在看到住家的時候，還不忘左右看看有沒有人類出現，但還是沒看到半個人影。下了坡一陣子又隨著慣性跑了一段路，漢密斯終於停了下來。

於是奇諾準備再度發動漢密斯的引擎。就在這個時候，她聽到卡嚓卡嚓的人為聲響，於是她四處望了一下。

在離道路不遠的地方，有一處像是整理過的住家庭院草坪。旁邊蹲著一個男人在修理小型機器。

男人很專心的修理機器，並沒有發現到奇諾跟漢密斯。漢密斯則是喃喃自語地說：

「哇塞，他是我們第一個這麼近距離目擊到的人類耶。」

它的語氣就彷彿是發現珍禽異獸似的。

奇諾一面推著漢密斯，一面慢慢接近對方。然後對那男人說：

「早安。」

「哇啊！」

男人嚇得跳了起來，並回頭看奇諾跟漢密斯。那是個年約三十歲，戴著黑框眼鏡的男人。他的表情

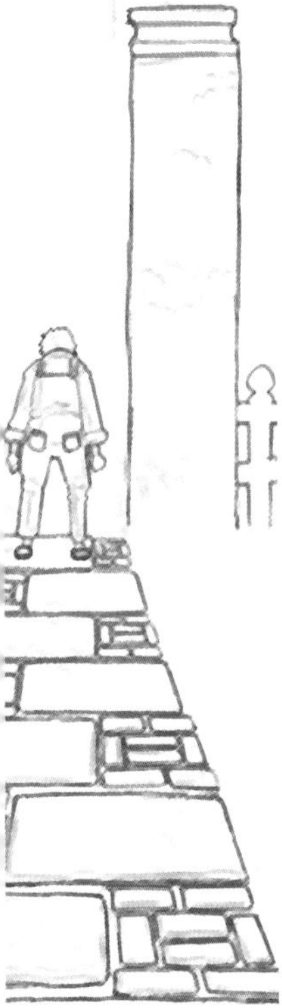

彷彿看到幽靈似的錯愕，然後說：

「什、什什什什什什什什什什什什什什什什、什什……」

男人說起話來完全口齒不清。

「你不要緊吧?抱歉嚇了你一跳。」

奇諾說道。

「妳妳妳妳妳、妳妳妳妳是誰啊……什什什什麼時時候……」

由於男人所說的話完全沒有意義，漢密斯接著問道：

「奇諾，他們的語言是不是跟我們的不同?他好像很有禮貌的向我們做自我介紹。他是不是叫做『誰啊．什麼時候』先生?」

「不，我覺得應該不是……」

「妳妳妳妳們……」

當男人好不容易擠出這幾個字，漢密斯才恍然大悟。

「哎呀，真的耶!」

「妳妳妳們，不曉得我心裡在想什麼嗎?」

男人指著奇諾與漢密斯，突然這麼叫著。

「什麼？」

漢密斯很直接的這麼回答，奇諾則是歪著頭感到疑惑。

後來那男人迅速地從驚慌的狀態回覆平靜。他的表情漸漸柔和，瞬間轉成普通的臉色，到最後露出高興得不得了的表情。然後像是在確認什麼似的大聲問道：

「妳們！真的不知道我心裡在想些什麼？」

「不知道。但我們倒聽得懂你在講什麼……」

奇諾冷靜地說道。

男人聽到這句話後便露出興奮到極點的模樣，接著用樂到快瘋狂的氣勢，以連珠炮的方式一股勁地說道：

「我想也是！因為我也『聽不到』妳們在想的事情！……天哪，這是怎麼回事！怎麼會這樣！妳們是旅行者嗎？我猜的應該沒錯吧！要要要要要、要不要跟我一起喝杯茶呢？還、還是說妳們已經準備要出發了？拜託先留一下吧！」

「我們是還能夠延後出發的時間……不過如果可以的話，能否告訴我們這國家的人怎麼都不出來外面呢？」

聽到奇諾的詢問，男人邊用力點著頭邊走過來，然後大聲叫道：

「當然可以！我全部告訴妳！」

走在森林裡狹窄的道路上，沒多久就到了男人的家。

他請奇諾跟漢密斯進去那明亮又寬敞的屋子。裡面擺設了漂亮的木製桌椅。彎曲的大型窗戶外面，則是一片細心整理過的森林庭院。裡面種了許多鮮艷的花朵跟類似藥草的植物。

家裡沒有其他人在，也沒有其他人在家的感覺。

奇諾脫掉大衣後坐到椅子上，漢密斯則是立起中心腳架停在一旁。

「來，請用。」

男人把馬克杯擺在桌上。

「這是我用庭院裡拔的花草所泡的茶，雖然不曉得是否合妳的口味，但這國家的人大多喝這種茶哦。」

奇諾聞了一下茶的味道。

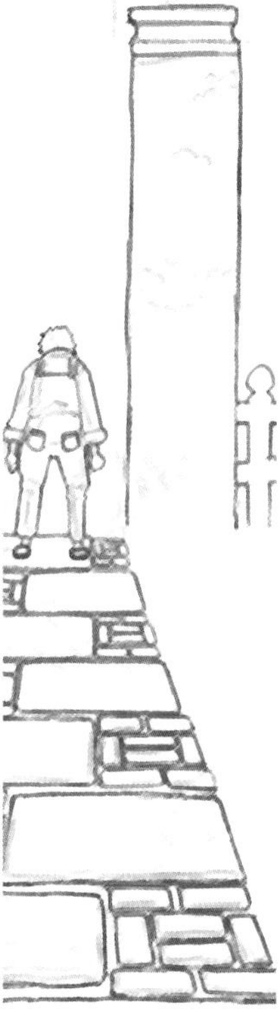

「好奇妙的香味哦，這叫什麼茶？」

「那叫做蕺草茶。」

聽到這回答的漢密斯不由得大叫：

「急倒？裡面有放毒嗎？奇諾，千萬不要喝啊！」

奇諾雖然沒有像漢密斯講話那麼失禮，但她也沒有馬上把茶喝掉，只是一直盯著馬克杯看，然後彷佛確認似地詢問男人：

「請問這是有毒的茶嗎？對第一次喝的人有沒有大礙？」

結果男人咯咯地邊笑邊說：

「看來妳們真的是旅行者呢。啊，不好意思笑了出來。我並不是在嘲笑妳們哦。所謂的蕺草茶並不是裡面有放毒的意思。而是有改變毒素，解毒的意思喲……哈哈哈，這也難怪啦，普通人第一次聽到這種茶的名稱的確有可能想歪。而且……該怎麼……說……」

最後他完全說不出話來。在談話當中，他的表情卻從笑臉直接變成哭喪著臉，最後甚至於嚎啕大哭起來。
完全不清楚發生什麼事的奇諾與漢密斯只好暫時盯著哭泣的男人看。
他一邊掉眼淚一邊擤著鼻子慢慢說道：
「我已經好幾年……沒有像這樣……跟其他人交談了……應該有十年了吧？不，或許更久……」
過了一會兒，奇諾說道：
「可以請你告訴我整個來龍去脈嗎？」
男人拿下眼鏡，把眼淚擦乾，擤了一下鼻子。點了好幾次頭之後說道：
「可以，當然可以。我現在就告訴你這國家的人為什麼都不跟其他人見面。」
男人最後一次拭去淚水，戴上眼鏡後看著奇諾的臉。然後慢慢地吐了口氣才開始說道：
「這個嘛……簡單來說，這裡是瞭解人類痛苦的國家。所以大家才都互不見面……不不不……是根本就無法見面。」
「你是說瞭解人類痛苦？」
「那是什麼意思？」
男人稍微啖了口茶。
「相信妳們的父母以前曾告訴過妳們，要當個能瞭解他人痛苦的人吧？如此一來就不會做出惹對方討厭或傷害對方的事。或者妳們也有過『要是能瞭解別人的想法，那該是多方便又美好的事』這樣的想法吧……」

「有有有！剛來這裡的時候，奇諾就……」

還沒等男人把話說完，漢密斯就馬上插話回答。快到連奇諾都沒有機會發言。

「對不起啦，漢密斯。」

奇諾用淡淡的語氣打斷了漢密斯的發言。

「這國家的人們也認真思考過這件事。打從以前這國家就幾乎都靠機器來工作，人類都過著輕鬆的日子。加上食物也不匱乏，所以是非常富庶又安全的國家。結果人們因為太閒的關係，便絞盡腦汁來進行各式各樣的挑戰。有人發現新的公式，有人專心追求科學事物，或是創作文學及音樂等等。後來一群研究人腦的醫師團隊有了劃時代的發現……那個發現就是，只要善加開發人腦尚未使用的部分，就能夠做到人類直接互傳想法的境界。」

「直接互傳想法？」

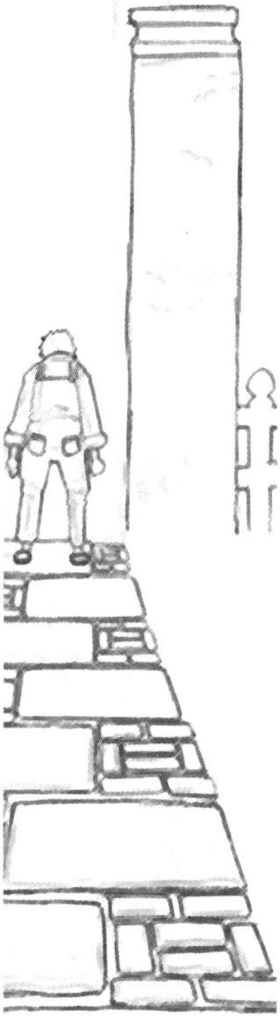

奇諾一臉訝異地問道。漢密斯也問：

「這話是什麼意思？」

男人繼續說下去。

「譬如說我在腦子裡想『你好』這句問候語，那在我附近的人就會接收到這句話。不光是這麼單純的事情，當我感到悲傷的時候，在附近的人也會直接感受到我內心的悲傷。如此一來那個人就會瞭解我的悲傷，給予我安慰或跟我一起想出解決之道。甚至於媽媽可以瞭解不會說話的嬰兒的痛苦及想法。用通俗的講法來說就是心電感應。」

「原來如此。」「這樣啊——」

奇諾跟漢密斯異口同聲的說道。

「國人都讚揚那是了不起的發現。人們可以藉由它來互相傳達內心話。而且還能進一步的互相瞭解。大家堅信……過去那種充滿雜訊、又絕對無法確認對方是否已經感受到自己心意，藉由語言的溝通方式將由這最古老的方法獲得改革！於是，為了賦予所有的居民那種能力，他們找出簡單就能開發腦部的方法，並完成了那種藥。而且只花很短的時間而已。後來全體國民都吃了那個藥。」

「全都吃了？」

漢密斯立刻問道。

「沒錯，因為誰也不想輸給誰。大家都想進化，不願當個跟不上時代的人。當然啦，就某種意義來說我們是進化了……」

「後來變成怎麼樣？」

奇諾不由得把身子往前傾。男人表情略帶悲傷，開始平靜地述說。

「接下來說說我個人的親身體驗吧……那時候我也吃了藥。吃過之後的隔天早上，當我醒來的時候，『瞭解嗎？瞭解嗎？』這些話竟然出現在我腦子裡。明明我家裡沒有其他人在，因此我著實嚇了一跳。想不到我真的接收到遠處的人們所傳來的訊息。當然不是『瞭解嗎？』這句話直接傳到我腦子裡。而是我感覺自己似乎有在思考『瞭解嗎？』這句話。當我很快地想著『我瞭解喲！』的時候，就會回收到『我也瞭解耶！好厲害哦！』的感覺。因為接下來有『我在玄關』的訊息傳來，我便急忙跑到外面去看，我當時的女朋友正站在那裡。這也表示心電感應能力的開發終於成功了。我跟我女朋友好開心好開心，我們不斷地想著對方，也互相傳達『我愛你』這句話。現在回想都覺得很開心呢。」

這時候男人停下來嘆了一口氣。

「我們還覺得自己是全世界最幸福的呢……不過那是當時的想法。後來我們開始一起生活，過了好幾天。然後……那時我看到她幫我種的花草澆水，可是澆太多了。於是我心想，『奇怪？之前不是告訴過她了？到底要我講幾遍才懂啊？』。但是在同時，我也準備溫和的說『妳這樣錯了——』。不過在這句話說出口以前，她已經瞪著我看了。然後我腦子直接接收到她的答覆。『什麼嘛！你埋怨說要你講幾遍才懂？你是覺得我很笨嗎？』」

「…………」

「沒錯，她已經接收到了。雖然那不是我想傳達的想法。面對她突如其來的回答，我完全沒有頭緒，心想『到底是怎麼回事？幹嘛為那種小事氣成這樣呢？』。結果她給我的回答是，『那種小事？你說那種小事是什麼意思？想不到我覺得很重要的事，對你而言竟然是小事！』」

這次男人稍微露出了笑容。但看起來很像是在自我嘲笑。

「後來我們常常為了心電感應的事吵架。其實她對我的學歷以及頭腦一直感到自卑。雖然交往了那麼久，但我從未發現這件事……當然，我也不知道她一直以為我早已經知道了。結果她丟下『我無法跟像你這種自以為是精英份子的冷血動物在一起！』的想法就逕自離開了。害我茫然不知所措的杵在那裡……夠好笑吧？由於現在能夠直接傳達心意給對方，所以我們的關係已經到無可挽救的地步。不過我們能以笑話收場還算慶幸呢……就在同一段時期，有個人在某處因意外瀕臨死亡。那個人連忙把臨終前想到的事傳達給趕來他身邊的人們，結果害他們全都發瘋。至於其他地方，有兩個聯手合作許久的政治家，因為計劃有一天要背叛對方的事跡敗露，便開始在議會上互相殘殺。雖然事情還沒做出了斷，雙方就因為疼痛而停手。在學校的話，因為大家會互相告訴對方答案，導致考試制度無法成立。對了，還有人只是靠近年輕女性，就因為強暴未遂跟陳列猥褻物遭到起訴呢。」

「…………」

「不過，像這種事應該到處都有發生吧。大約一個禮拜，全國都陷入恐慌的狀態。」

「後來怎麼樣了?」

奇諾問道。男人坦白的回答：

「後來我們終於明白瞭解自己跟他人的想法是多麼恐怖的一件事。能夠毫無阻礙的知道自己與他人的想法，根本就不是什麼進化。不過，能夠發現這點或許就算是進化吧……不，應該只是進步吧?什麼『只要瞭解他人的痛苦，就能溫柔的待人。進而能夠跟人互相尊敬。』，那根本就是天大的謊話。當自己沒有痛苦的時候卻要接收外界傳來的痛苦，根本就是吃力不討好的事。況且最初感到痛苦的人，他的痛

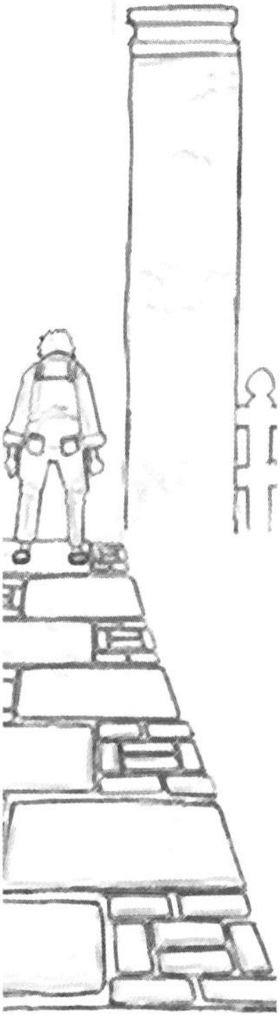

苦也沒有因此消失……要想解決這場混亂，只有一個方法。那就是離開周遭的人們。只要遠離數十公尺就不會聽到遠處的聲音，什麼想法就自然而然無法傳達了……」

「原來如此，是這麼一回事啊。」

漢密斯打從心底佩服地說道。

「就是這麼回事。也就是說，這國家的全體居民，真的都患有你們無法想像的強烈對人恐懼症。但後來也多虧了這樣，機器的發明更加發達，這國家即使不靠人類也能夠支撐下去。因此大家至今仍在森林裡與他人相隔遙遠地獨自生活。在只有自己的空間裡享受自己的快樂……這國家已經將近十年沒有小孩出生。所以總有一天會自然滅亡吧。不過那也是我死後的事情，我再怎麼擔心也沒有用。」

隨後男人站起來，打開後方某個機器的開關。音樂緊接著出現。演奏的是電子提琴樂，是一首沉穩的樂曲。

「好美的曲子哦。」

聽到這句話，男人微微笑著說：

「我很喜歡這首曲子，雖然它是這國家十幾年前流行的歌曲。可是每次聽到這首曲子，我總是非常感動。那時候我心裡就有個想法，『當我跟別人聽這首曲子的時候，不曉得對方是否也跟我有同樣的感動？』。以前我曾跟我女朋友一起聽過。她也說這是首不錯的歌曲，但實際上她心裡是怎麼想的呢？如今奇諾妳又有什麼想法呢……不過我不想知道那個答案。」

話一說完，他就閉上了眼睛。

沒多久曲子結束了。

「那麼奇諾，對擁有說服者段位的妳講這些話可能是多此一舉，不過還是請妳在旅途中要多加小心哦。」

男人站在家裡的車庫前說道。奇諾戴好帽子及防風眼鏡，漢密斯則讓引擎保持空轉的狀態。排氣管隆隆地響著。

「快別這麼說，我會小心的。」

「漢密斯也保重了。」

「謝謝。」

「能跟妳們談話，我真的非常開心。要是能在妳們停留的第一天認識妳們就好了……但這也是沒辦法的事。」

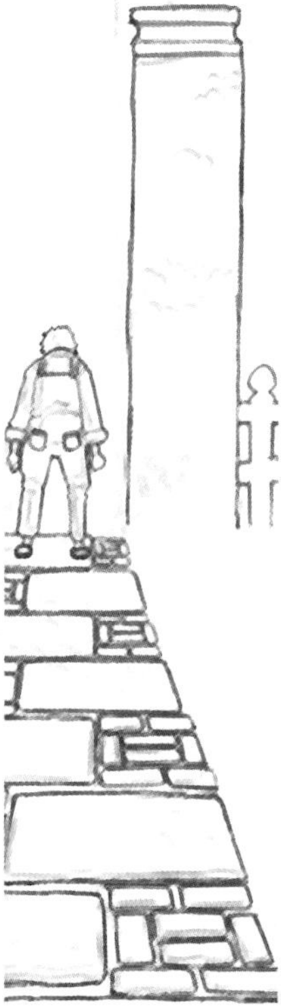

「瞭解人類痛苦之國」
—I See You.—

男人聳了聳肩膀笑著說道。

「謝謝你的茶，真的很好喝呢。」

奇諾邊說邊跨上漢密斯。把體重往前一傾，主腳架彈了上來。

然後排好檔準備讓漢密斯前進。

就在那個時候，

「啊！那個！可以請妳們等一下嗎？我想再跟妳們說一句話。」

男人慌張地說道。奇諾關掉漢密斯的引擎。周遭突然變得鴉雀無聲。

他走進奇諾跟漢密斯，深呼吸了一下。

「請、請問！如果不嫌棄的話，能、能否請妳們留下來跟我住一段時間呢？這裡除了見不到其他人之外，真的是個非常好的地方。能夠平心靜氣地做自己想做的事喲。漢密斯你覺得呢？或是以這個城鎮當據點再外出旅行也沒關係。呃……如果，奇諾也願意的話，可否跟我……」

奇諾對著突然講了一大堆話的男人看了好一會兒。

然後輕輕搖頭說：

「對不起……我希望能夠繼續旅行。」

聽到奇諾這麼回答，男人焦急地說：

「這、這樣啊……沒有啦！那個……抱歉突然提出這種奇怪的要求，我知道了。呃……那、那個……

……」

他已經變得語無倫次並且滿臉通紅了。

奇諾不發一語地發動漢密斯的引擎。

然後又看著男人的臉。當他抬起頭的時候，兩人正好四目交接，奇諾則對他笑了一笑。

看到奇諾微笑，男人嚇了一跳。但不久他也靦腆的對她微笑。

男人輕輕揮揮右手向她道別。

奇諾繼續面帶微笑地跟他點頭示意。

然後便面向前方發動漢密斯。

男人若有所思地目送著摩托車遠去。

出了這國家之後，奇諾跟漢密斯奔馳在隱約可見的草原路上。西下的太陽也映入了奇諾的眼簾。

「奇諾～妳最後不是有跟那個人四目交接一陣子嗎？」

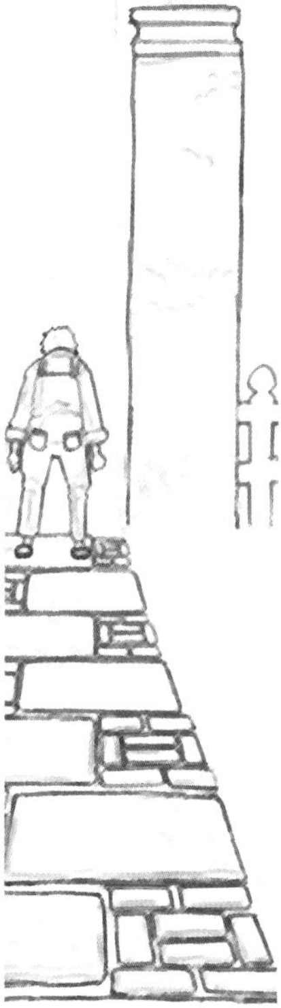

「瞭解人類痛苦之國」
—I See You.—

漢密斯突然問道。

「嗯？對啊。」

「你們對彼此有戀愛的感覺嗎？」

「啊？你在講什麼啊？」

聽到漢密斯嘲諷的語氣，奇諾滿臉驚訝地回答。

「我在旁邊一直為妳捏把冷汗，想說妳該不會要跟那男的結婚吧？」

漢密斯這次的口氣變得很認真，奇諾則笑著說道：

「怎麼可能！」

「那就好。」

漢密斯說完便沉默了一會兒。

接著又開始碎碎唸：

「不過他竟然會喜歡上奇諾，他的品味還真怪呢。」

摩托車繼續在草原上奔馳。

過沒多久奇諾若有所思地說：

「我覺得那個人最後看著我的時候，好像在替我擔心『千萬不要死喔！』。」

「這樣啊——然後呢？」
「我就回答他『謝謝你。』」
奇諾說完，噗哧地笑了一聲。
「原來如此。只是不曉得有沒有傳達給對方呢？」
漢密斯這麼問奇諾，她笑著斬釘截鐵的答道：
「這我就不知道了。」

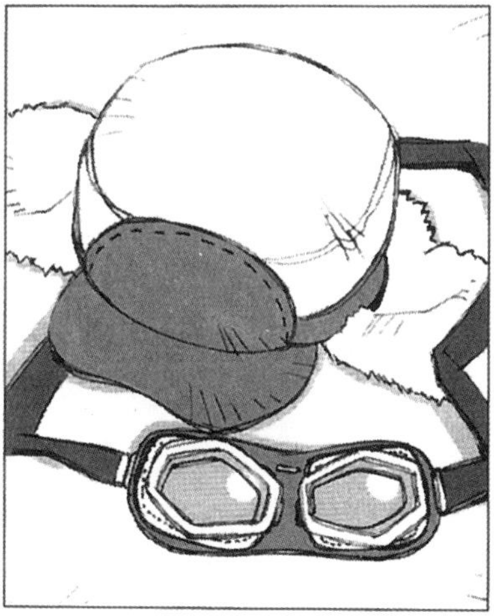

第二話
「多數表決之國」
—Ourselfish—

第二話「多數表決之國」

—Ourselfish—

如絨毯的草原無限延伸到遠方。綠色大地經過了緩緩的起伏之後便消失在地平線上。天空又高又藍。到處飄著鮮明得讓人看了頭暈目眩的雲朵。在遙遠的地平線上空，大片的積雨雲彷彿白色神殿般地聳立著。激烈的蟬鳴響徹四周。

那片草原上只有一條道路。

由於只看得見些許泥土，因此道路細到好不容易才分辨出來。筆直往前走的話，有時候為了閃躲四處叢生的樹林，必須不斷的的急轉彎。而道路則是一直向西延伸。

一輛摩托車正行駛在那條路上。摩托車用相當快的速度通過所有的彎道。一旦進入直線道路，後輪隨即揚起滾滾的塵土加速前進。

摩托車的騎士穿著黑色長背心。為了讓風可以吹進去，領子大大的翻了開來。她腰上繫著寬皮帶，後面懸掛著掌中說服者的槍袋。細長的掌中說服者槍托向上地插在裡面。右腿上也有一把。

背心下穿的是白色襯衫，為了不讓肩膀以下的兩隻袖子造成阻風效果，便用皮帶繫住不少地方。

騎士的黑色短髮被風吹得相當凌亂。削瘦又精悍的臉上，戴著斑駁不堪的銀框防風眼鏡。騎士則專注看著前方騎車。

接近彎道的時候，她就減速放低摩托車，將摩托車整個壓低。後輪雖然有些許打滑，但仍安穩的通過彎道。

摩托車後方並沒有座位，取而代之的是管狀的貨物架。上面綁著一只大包包跟捲成一團的茶色大衣。而騎士目前穿在身上的背心……原本是夾克的兩隻袖子還草率的綁在那上面呢。貨物架下方還有拿來裝更多物品用的箱子掛在後輪兩側。

摩托車像滑行似的在草原上繼續奔馳。

突然，騎士輕輕抬起頭。左手離開車把手，敲了摩托車油箱兩下。然後指著前方，

「看到了喲。」

騎士對摩托車說道。

「終於看到啦？」

「多數表決之國」
—Ourselfish—

摩托車回答。

在她們前進的方向，開始隱隱約約看到被白色城牆環繞的城鎮。

騎士更用力地轉動了油門。

「有人在嗎？」

摩托車騎士大聲喊著，並把防風眼鏡拿下掛在脖子上。雖然她努力用手撥齊被風吹亂的頭髮，但似乎沒什麼用。

此時騎士的眼前是一扇開在高聳城牆上的拱形大門。本來應該緊閉的這扇厚重大門，現在則是大大地開著。陰暗大門的裡面，依稀可見石造的房舍。連平常會有配備說服者的守門衛兵崗哨都沒有人待過的跡象。

騎士站在原地等了好一會兒。並且用手臂擦乾額頭上的汗水。

「感覺好像沒有人在耶，奇諾。」

在毫無回應的情況下，反倒是用腳架立住的摩托車這麼回答她。

「奇怪了……」

那個叫奇諾的騎士又扯開嗓子問了一次。

但是只聽到風兒靜靜吹過的聲音。

「沒人回答。」

摩托車簡短地說道。

「要不要進去看看？反正城門是開著的。」

「那怎麼行，漢密斯。沒有任何允許就進入別人屋裡，即使被當場槍殺也不能有絲毫怨言的唷？」

那輛叫做漢密斯的摩托車小聲地說「是嗎？」

「但既然這裡沒有人，我們不可能會被射殺吧？而且……」

「……而且什麼？」

奇諾滿心期待地轉頭看著漢密斯。

「這世上沒有人殺得了奇諾的。即使對方拔出說服者抵住背後，妳還是能轉身擊倒他的。這我可以掛保證。」

「…………這個嘛，謝謝你的恭維。」

奇諾一面苦笑一面輕輕敲了一下插在右腰槍袋的左輪式掌中說服者。

「沒辦法，總不能一直待在這裡，乾脆直接進城吧。」

「就這麼辦，這樣我們意見就一致了。」

「但是遇到狀況絕不能反擊，屆時我們直接逃命。」

「隨便妳。」

奇諾一面推著漢密斯一面穿過了城門。

「奇諾，或許到這國家的中央就有人了呢。到時候再請他們允許讓我們入境與停留不就得了？」

漢密斯俏皮地說道。

穿過城門之後，奇諾跟漢密斯來到了城牆裡的城鎮。

「我們在城鎮裡露營耶。」

奇諾邊燒木柴邊用些許自嘲的語氣說道。雖然四周一片漆黑，但抬頭仰望還依稀可看到藏在雲層裡的繁星。

「至少不是妳的錯啦。」

卸下全部行李的漢密斯停在一旁，車上鍍金的零件反射出火焰的亮光。

「這麼說，是你的責任囉？」

奇諾開玩笑地回話。

「也不是，全都要怪這國家的百姓。想不到設備如此完善的國家竟然沒半個人居住，這對建築物來說是一種侮辱，是很沒禮貌的事。」

漢密斯略為憤慨地說道。

奇諾跟漢密斯落腳的這個地點，是一個大型十字路口的正中央。

寬敞到足以讓數輛車並行通過的石板路，整齊地向四方延伸。沿路的石造建築物櫛比鱗次地排列。全部是同樣式的四層樓房，是看來都頗具歷史性的宏偉建築物。可是從窗戶望進去都沒看到任何燈光。

結果奇諾跟漢密斯花了半天的時間在這城鎮亂晃，卻沒看到任何一個人。甚至看不出最近有人居住過的跡象。

當他們疲於探索廢棄屋後，便找了個視野不錯的地方坐下來。不曉得為什麼，石板路有個地方微微凹了個洞。於是奇諾收集附近行道樹的枯枝，然後堆在那裡起火。

「想不到是個鬼城啊？」

奇諾一面撕下像黏土般的攜帶糧食，一面喃喃自語。然後把糧食塞進嘴巴裡。臉上完全沒有覺得好吃的表情。

「那明天怎麼辦？」

漢密斯詢問簡單填飽肚子後的奇諾。

「反正還有些地方沒去過，明天就到那裡晃晃吧。」

「有可能會白費力氣喲。」

「那也無所謂啦。」

奇諾簡短回答後就從包包裡拉出毛毯。然後把漢密斯跟火堆留在大馬路上，往街角建築物的屋簷走去，她把毛毯鋪在人行道並坐在上面。然後喃喃地說：

「好想躺在柔軟的床上，蓋著純白的被單喔……」

「請妳節哀順變。順便提醒妳，明天早上起來也沒有熱水洗澡喲！」

「……傷腦筋。」

奇諾拔出右腿上的說服者，是她稱之為「卡農」的單手操作式左輪手槍。然後緊握著它，全身包裹著毛毯躺著。

「妳要睡啦？」

「嗯，反正又沒事情可做。剩下的就麻煩你了。晚安，漢密斯。」

奇諾話一說完便開始呼呼大睡。

鬼城的夜晚寂靜無聲。

但偶爾在大馬路正中央……

「好閒哦～」

會微微聽到這樣的碎碎唸聲音。

隔天早上。

奇諾在黎明起床。四周瀰漫著濃霧。

她稍微做了一下運動，並做了說服者的保養與練習。早餐則是吃跟昨晚一樣的食物。

當太陽終於露出臉，霧也完全散的時候，她便把漢密斯敲醒。
先把昨晚生的火大致處理好，然後把全部的行李堆到貨物架之後便離開了那裡。
奇諾她們花了半天的時間繞過昨天沒去過的地方。果然還是沒看到任何人影。也沒有人居住的跡象。
到了中午的時候，找得有些累的奇諾跟漢密斯來到了一座巨型公園。
在廣大的綠色草坪上，綿延著白色石板路。她騎著摩托車跑了一段，想不到這裡竟寬廣到還沒抵達另一頭。
這地方最近也沒人來整理過的樣子，樹木跟草地不僅沒有修剪，池子的水也乾了，花壇的花全都枯萎。
奇諾她們繼續往公園裡面走，看到了一棟白色建築物。
「這建築物好雄偉哦。想必花了很多時間跟金錢吧。真的好美哦。」
漢密斯感嘆著並不斷大力稱讚。
奇諾跟漢密斯站在由白色大理石建造的建築物正前方。眼前的建築物大到奇諾無法一眼望盡。構造極盡奢華，建築物的這一端到另一端，從上到下都點綴了美麗的裝飾。
「這裡以前該不會是皇宮吧？」

奇諾一面用襯衫的袖子輕輕拭去額頭的汗一面說著。畢竟這時候太陽正烈，陽光也把人照得頭暈目眩。

「很有可能。而且住的還是相當有錢的國王呢。只是不曉得是什麼時候的事了。」「所以在王政時代結束後就改建成公園了？……不曉得有沒有能告訴我們這國家歷史的導遊呢？」

奇諾略帶諷刺的說道，結果漢密斯發著牢騷說：

「妳明明很想知道究竟是怎麼回事的。」

奇諾一面推著漢密斯，一面在建築物裡面探索。

裡面有裝飾了數十枚彩色玻璃的巨型大廳、寬敞度遠超過普通家庭的浴場，永無止盡的走廊等等，內外裝潢的豪華程度都不相上下。

不過到處都積滿了灰塵。

大致參觀一下，奇諾跟漢密斯突然走出建築物，來到一個平臺，廣大的後院能夠從這裡一覽無遺。

「原來如此。」

漢密斯看到放眼望去的景色後，老實的如此說道。奇諾則是一語不發從平臺探出身子往前看。

那是墓園。

在後院的綠色草坪裡，有著用土簡單堆一堆再插上薄木板當墓碑的簡單墳墓。

而這些墳墓則滿滿的並排在一望無際的後院裡。應該有數千、數萬座，怎麼數也數不清。

後院本來可能是王族的狩獵場或市民休憩的場所。那裡並沒有任何說明的文字。不過現在卻只是一處大型的墓園。

奇諾嘆了一口又深又長的氣。並且朝那裡看了一會兒。

由於即將接近夏末，天色開始漸漸暗了下來。墓園周遭急速地變暗，就彷彿消失在建築物的影子中。

過沒多久漢密斯說道：

「奇諾，這裡的人會不會都死了？」

「…………」

「然後倖存者都離開了，使這裡變成一個被廢棄的國家。」

「……或許吧，不過怎麼會這樣呢？」

「這個嘛……」

奇諾回頭看看漢密斯，然後靠在平臺的扶手上。

「這樣待在這裡也沒用，我們前往下一個國家吧。」

奇諾輕輕搖頭說：

「不，今晚先在這裡過夜，明天早上再出發吧，反正三天又還沒過。」

結果漢密斯非常訝異地問：

「又來了？妳那在一個國家停留三天的觀念，到底有什麼意義啊？」

奇諾只是淡淡地微笑說：

「那是過去我遇見的旅行者說的……他說這個停留天數剛剛好。」

「哪有這種道理？」

漢密斯覺得無趣地碎碎唸著。

奇諾依舊靠在平臺的扶手上，只是轉過頭來再看一次墓園。

奇諾她們在公園入口的某座小屋裡迎接上弦月仍高掛天空的早晨。

奇諾則是一成不變地隨著黎明起床。接著便是做說服者的練習以及保養。然後用濕布擦拭身體，吃早餐。等行李全都整理好之後再敲醒漢密斯。

她把背心套在襯衫上，把皮帶繫緊，並再次確認一遍槍袋裡的說服者。

接著奇諾朝西側城門出發。

這鬼城的早晨跟其他城鎮一樣地寂靜無聲。

奇諾毫不猶豫地讓漢密斯的引擎聲響遍兩側的建築物。甚至於還超速行駛。

在看到城牆的時候，奇諾看到城門前停著一輛農業拖引車。

後方的貨物架堆了滿滿的蔬菜水果。駕駛座上坐著一名帽子壓得低低的男人。他年約三十幾歲，穿著沾滿泥土的工作服。

「奇諾，是人耶！這個國家有人住！」

漢密斯的口氣興奮到好像這國家有人是不太合理的事。

奇諾她們走近拖引車。原來那男人在睡覺。他被漢密斯的引擎爆音吵得皺了一下眉，然後微微地搖搖頭。接著醒了過來，然後跟奇諾四目交接。

奇諾馬上關掉漢密斯的引擎。四周突然變得很安靜。

「抱歉把你吵醒了……早安。」

「你好。」

奇諾跟漢密斯一跟他打完招呼，

「天哪，嚇了我一跳……」

男人把他的雙眼瞪得大大的，睡意似乎一下子全消散了。

「啊！妳該不會是旅行者？……等一下喔！」

男人從拖引車跳下來，不過他稍微絆倒了一下，然後跑到奇諾旁邊。

「嗨，妳好！我是這國家的居民，也是唯一的居民。歡迎到我們國家！哎呀～妳們來得太好了！很高興能見到妳們唷！」

受到遲來兩天的猛烈歡迎，奇諾露出了複雜的表情。

漢密斯問道：

「這國家的人只有大叔你一個？這究竟是怎麼回事？」
結果那男人的表情突然又喜又悲，最後用快哭出來似地表情詢問奇諾跟漢密斯：
「妳們馬上就要離開了嗎？有空嗎？」
「只要能在今天之內離開，我們什麼時候出發都沒關係。」
「既、既然這樣！我、我一定要跟妳們解釋這國家發生了什麼事！妳們願意聽吧？拜託！拜託啦！」
男人死纏不放地說道。
奇諾看了一下漢密斯，又回頭看看那個男人。
然後微笑著說：
「嗯，我們願意洗耳恭聽。」

城門前廣場角落的某建築物，其一樓似乎原來是一家咖啡廳，桌椅堆得滿滿的。男人把遮陽棚往人行道展開，然後把桌椅拉了出來。他輕輕拍掉椅子上的灰塵後，便請奇諾坐下。漢密斯則是用中央腳架停在奇諾旁邊。
男人把手肘支在桌上，然後在臉的前方十指交叉。
「首先該從哪裡說起呢……還是從王政跟革命那部份開始好了。」

「這國家過去果然由國王主政。」

男人點點頭回答奇諾說：

「沒錯，那是十年前的事了。」

「然後發生了革命。結果跟我們猜的差不多呢，奇諾。」

「看來妳們似乎有去過中央公園吧？想必也看到那個了吧？」

男人的臉色變得有些凝重，聲音也低沉了下來。

「沒錯，我們擅自進入了。」

漢密斯語帶諷刺的回答。

「沒關係，這樣要跟妳們解釋也方便多了。」

「那是這國家的人們的墳墓吧？」

男人點了好幾次頭。

「沒錯……不過那也是逼不得已的事。」

「是傳染病嗎？或是發生了什麼事？」

奇諾問道。男人一臉悲傷地這麼說：

「不，不是的。因病去世的只有一個人……讓我把整個來龍去脈慢慢告訴妳吧。」

「這國家自立國以來就一直保持君主政體。國王一個人把國家跟人民當成自己的物品來統治。不過在數十名國王之中，也有因傑出的政蹟而受到人民愛戴的。但是並非如此的卻壓倒性地佔大多數……尤其是十四年前當國王的那個傢伙最差勁。或許是他身為皇太子的時期太長，登基之後常做出任性的行為。誰敢違抗他就只有死路一條。當時因為收成不好而導致財政困難，他連管都不管就只知道玩樂。農作物欠收的情況持續了三年，人民幾乎都吃不飽穿不暖。當然，那傢伙一點也不在意。搞不好他還沒聽說過『飢餓』這個名詞呢。」

「『沒有飯吃就吃肉啊……』」

聽到漢密斯這句玩笑話，男人笑著說：

「你真博學多聞呢。」

漢密斯短短地對他說「哪裡」。

「十一年前，農民因為生活困苦而希望降低稅率，但是他卻把他們全殺了。大家已經忍無可忍。而

國王的暴行也已經失去控制。為了要解決這個狀況，除了打倒國王，推翻王政之外別無他法。於是革命計劃正式推動了。當時我在研究所鑽研文學。雖然家境比較寬裕，但我還是能體會到窮人的痛苦。所以我從初期階段就參與那項計劃。」

「嗯嗯嗯。」

「如果被發現的話呢？」

奇諾這麼一問，讓男人臉色凝重了起來。

「當然是死刑。好幾個伙伴被逮捕，然後被處死。妳知道這國家的傳統死刑是怎麼執行的嗎？是把人的手腳綁住並倒吊起來，然後丟到路上讓他們摔死。而且這個國家連犯人的家族也必須一起處死。我也看過好幾次十字路廣場公開處決的情景。首先是伙伴他們的家人被往下丟。然後依序是父母、配偶、孩子……其中有些伙伴在人群中看到我跟其他伙伴，便拒絕蒙上眼睛。當他們摔在地面上的那一剎那，彷彿在訴說些什麼。而我們則是親眼看著他們頭蓋骨碎裂，頸骨折斷而亡……我真的看了不下數十次。」

「…………」

「十年前某個春天早晨，我們終於發動起義。首先是襲擊警備隊的兵器庫。這當然是為了搶走大量的說服者跟彈藥。在那以前，一般民眾是絕對禁止持有武器的。不過這也是理所當然的事。畢竟沒用的掌權者害怕民眾擁有武裝。但總之我們成功地從各地兵器庫裡搶到說服者。其中也有贊同我們的警備隊隊員。照理說，我們接下來應該是一口氣衝進王宮逮捕國王。不過行動卻中止了。」

男人說到這裡，突然淺淺的微笑。

「中止？為什麼？因為快下雨的關係嗎？」

漢密斯吃驚的問道。

「……這又不是曬衣服，漢密斯。」

奇諾一臉訝異的說道。然後對男人說：

「是不是因為沒那個必要了？譬如說國王逃走了……」

男人伸出食指，開心的說：

「答對了，妳說的沒錯。」

「奇諾妳怎麼知道？」

「因為那棟建築物並沒有任何損傷啊。」

漢密斯小聲的說「原來如此」。

「國王計劃帶著他的家人一起……不，應該說是帶著財產一起躲在卡車貨櫃裡逃往國外。但是馬上被發現了。哈哈哈，不過那也難怪。不論是誰，看到在貨櫃裡埋有蔬菜和寶石，一定都會覺得可疑吧。於是革命在幾乎沒有人犧牲的情況下成功了。」

「那很棒啊，然後呢？後來怎麼樣了？」

漢密斯催促男人繼續說下去。

「後來我們為了追求自己的新生活以及國家運作的方法，創造了過去從未有過的自主式政治形態。那不是由部份特定人士決定的政治，而是由大家共同決定，共同執行的政治。我們也發誓，『絕不再讓國家落在獨裁者的手中，國家是大家所擁有的』。我們通知大家這是出自誰的主意，並調查有多少人贊同。如果大多數的人贊成的話就採用那個方法。我們最初的決定就是該如何處置逮捕到的國王。」

「結果怎麼處置？」

奇諾問道。男人瞇著眼說：

「基於百分之九十八多數贊成的投票結果，我們決定處死國王、其走狗、以及他的家人。」

「我就知道。」

漢密斯喃喃說道。

「國王一家人被吊起來然後丟下。大家覺得，過去讓人感到恐怖與絕望的時代終於結束了……不過接下來就有得忙了。大家開始決定各式各樣的事情。首先是憲法。我們在第一條記載國家乃人民共有之物，國家也由多數表決的方式來運作。然後是稅法、警察、國防、法律及刑罰。決定學校制度的時候也很有趣呢。想不到我們竟然有權利決定未來的主人翁該接受什麼樣的教育。啊～真的好開心哦……」

接著男人閉上眼睛，微微點了好幾次頭之後，又睜開眼睛看著奇諾。

奇諾把身子往前傾地問：

「後來又怎麼樣了？」

男人打開水壺喝了幾口水，然後嘆了一口氣。

「情況曾有一陣子非常順利……但有時會冒出幾個思想離譜的傢伙。他們的主張如下，『所有事情都靠直接投票，那太浪費時間了。何不投票選出領導人並賦予他幾年的權限來治理國家呢？』」

「那主張有通過嗎？」

「怎麼可能？那種說法簡直是瘋了。一旦那麼做，要是選出來的領導人瘋了怎麼辦？把權力集中在一個人身上，那傢伙暴走的時候又該由誰來阻止他呢？提倡這種主張的那些傢伙，打算在這個國家再次創造絕對存在的『國王』，並在那庇護下過特權生活。他們這種想法實在太膚淺了。最後當然因為多數反對而沒有通過。」

「原來如此。」

「不過我們判斷有那種危險想法的人將對國家的未來帶來危機，便對那些傢伙以叛國的罪名予以告發。」

奇諾跟漢密斯互看了一下，然後問那男人：

「結果呢？」

「多數贊成那些傢伙有罪。」

「然後呢？」

漢密斯問道。

「結果是處死。他們全被處以死刑。」

「……你是說，像剛剛說的全家人被吊起來往下丟……？」

對於奇諾的疑問，

「沒錯，對背叛我們國家的傢伙來說，那種方式是最適合不過了。」

男人狠狠的說道。可是他又馬上滿臉落寞的繼續說：

「但令人遺憾的是，背叛國家的傢伙並沒有因此而消失。偶爾會出現提倡廢除死刑的傢伙。這太離譜了。要是廢除死刑的話，就會不斷出現意圖叛國者。所以提出這種建議的，根本就可說是叛國者。因此後來我們投票把他們處死。有些時候則是出現反對國家新稅法的傢伙。他們抱怨自己所負擔的稅率過高，還說因為繳不出稅金，所以不繳了。他們不服從多數表決出來的事情，還任意發牢騷。我們當然無法允許他們那種自私又傲慢的想法，所以也把他們全處死了。」

「…………………」

「治理國家真是一件不容易的事啊。」

漢密斯說道。男人輕輕的伸出食指說：

「沒錯，但是不好好做的話會很容易出錯的。要是造成無法挽回的後果就太遲了。」

「後來呢？」

奇諾問道。

「嗯，我們很努力的設法建立優秀的國家……但就是會冒出想背叛國家的傢伙。有時候跟大家一樣立場堅定的人也會反抗我們，打算讓國家走向錯誤的方向。要處死過去伙伴的時候，我的心真的很痛。可是我又不能因為個人的感情因素而逃避自己必須做的事情，這是絕對不容許的。」

「所以墓園到最後就不敷使用了？」

「很遺憾，事情正如妳想像的。不過幸運的是，因為前王宮變成了中央公園，我們決定把原來要拿來當農地的後院當墓園使用。又將反對的傢伙也處以死刑。」

「那你們至今執行過多少次死刑呢？」

面對奇諾的質問，男人稍微想了一下。

「不曉得耶，從王政時代起的話，實在是算不清……」

「不，只要從新政府時期算就行了。」

「喔，那是一萬三千六十四次。」

男人很快的回答。

「那最後一次是怎麼投票決定的？」

「最後一次剛好是在一年前。當時這個國家只剩下我跟心愛的妻子，以及另一個人。他是我長久以來的伙伴，一直單身未娶。原本我們打算三人同心協力支撐這個國家。但那個時候他卻說要離開這個國家。我勸他不要離開也勸了好幾次，但是那傢伙的邪惡意念非常堅定。還說什麼要拋棄國家，拋棄義務離開這裡。我跟我妻子當然無法容許他這樣的行為。於是在兩票對一票的投票結果，便決定要處死他。」

「那你太太還在嗎？」

男人緩緩地搖搖頭。

「不，不在了……大概是半年前的事了。她因為生病而去世，而且是感冒。但我不是醫生，根本就無法醫治她……天哪……可惡……可惡啊……」

不久男人靜靜地哭了出來。

「謝謝你告訴我這些事，我已經非常瞭解了。」

奇諾對趴在桌上哭泣的男人如此說道，輕輕地鞠個躬。然後，

「漢密斯，我們該走了。」

說著便從椅子上站起來。結果男人抬起頭來。

「這國家只剩我一個人，我好寂寞哦。」

「…………」

「可是正確的行為偶爾會逼人當個苦行僧。這個困難或許就是這個國家必須自己去面對的。」

不久，男人擦了擦眼淚並對奇諾跟漢密斯提出這個建議。

「對了，拜託妳們當這國家的人好嗎？然後跟我一起復興它，留在這裡的全都是榮譽市民。這提議不錯吧？」

奇諾跟漢密斯幾乎異口同聲地說：

「我不要。」「不要。」

剎那間，男人感到非常驚訝。接著表情又變得很悲傷。

「這、這樣啊。既然妳們『倆』都這麼說了，那就沒辦法了……那、那不然……」

男人似乎又想到什麼似地問道：

「妳們只要停留一年就好。這主意怎麼樣？」

「那可不行。」「我贊成奇諾的說法。」

「不然只要多留一星期就好，而且這裡的東西妳們大可隨便使用。」

「我拒絕。」「不要。」

「不、不然再多留三天。我們一起享用豐盛豪華的餐點好嗎？」

「唔……不，不需要。」「還是趁奇諾還沒改變心意以前出發吧。」

「如果妳們願意住在這個國家，我可以暫時當妳們的奴隸沒關係。」

「不必了。」「我們沒那方面的興趣。」

鏗！

奇諾敲了一下漢密斯的油箱。然後皺著眉頭向那男人揮手道別。

「我們要出發了，至於你提的那些條件，請恕我們無法答應。不過真的很感謝你告訴我們有關這國家的事情。」

奇諾再一次向他行禮致謝。

「只要一天就好！能不能再多留一天呢？這樣我可以多跟妳們說明一下這國家有多棒。拜託啦……」

「實在沒辦法，因為我們已經在這裡停留三天了。」

奇諾說完便回頭看漢密斯。

「我不曉得你為什麼硬要我們留下來，不過我們心意已決，真的很抱歉，大叔。」

男人再次哭喪著臉，雖然他還想再說些什麼，但嘴巴只是一張一合的動著。

「走吧。」

就在奇諾說完話要跨上漢密斯的時候，男人突然把手伸進包包並拿出一把掌中說服者。是一把槍身跟槍管並排的中折式十六連發左輪手槍。

男人雖然把槍掏出來，但只是拿在手上而已。別說是從背後瞄準奇諾了，他連食指跟中指都沒扣在厚重的扳機上呢。

「這次你想用那個來威脅我們嗎？」

奇諾只轉過頭看著男人，用淡淡的語氣詢問他。然而她的右手已經悄悄伸到右腿的槍袋了。

不一會兒，男人看著自己兩手握著的說服者。然後不斷地搖著頭痛苦地說：

「不，不可以不可以不可以！要是用它的話，我會變得跟那個愚蠢的國王及那幫走狗一樣。用暴力脅迫對方承認自己的想法是不對的！這是不對的！是愚蠢的想法！我不能那麼做！……沒錯，所有的事物都必須就多數人的意願來做選擇。利用全體的意見來投票進行瞭解，以理性和平的方式做選擇。那才是人類必須執行，而且是唯一不會發生致命性錯誤的做法！我說的對吧？」

男人無力的放下說服者。當男人折彎打開它的時候，裡面並沒有任何子彈。

奇諾把頭又轉回來並微笑了一下。然後這麼說：

「我們可以問你一件事嗎？如果我跟漢密斯說『那是不對的，你錯了』，你會怎麼樣？」

男人嚇得把說服者掉在地上。就在卡嚓的聲音響起同時，男人的臉色變得蒼白，牙齒也抖到嘎吱嘎吱的響。

過了一會兒，他像是鼓起所有勇氣似的大聲嘶吼。

「快、快滾！妳、妳、妳們有多遠就、就給我滾多遠！快從我面前消失！給我從這個國家滾滾滾出去！消失！不准再來！」

「我們會走的。」「不用你多說。」

奇諾跨上漢密斯，並且發動引擎。

就在離去之際，漢密斯小聲地說：

「再見了，國王！」

不過男人並沒有聽見。

男人站在原地直到看不見摩托車為止，右手則拿著剛剛裝好子彈的說服者。緊握說服者的他氣到很想開槍。

於是男人大叫道：

「妳們兩個！要是敢再回來，我一定會開槍！我要宰了妳們！」

男人一直瞪著摩托車消失的前方。

但是旅行者並沒有回來。

摩托車在草原上跑了一段路之後停了下來。奇諾摘下防風眼鏡。而眼前的道路則一分為二。

奇諾從漢密斯下來並離它一點距離，用指南針確認方向。一條是往西南西，另一條是往西北西。而大草原放眼望去只看到地平線。

「多數表決之國」
—Ourselfish—

「要走哪一邊？」

漢密斯問道。奇諾一邊看著自己製作，只標有最重要路線的地圖，一邊以不可思議似的口吻說道：

「奇怪了，照理說這裡應該只有一條路才對啊？」

「誰跟妳說的？」

「很久以前遇到的商人，就是帶著駱駝跟熊貓那個啊。」

聽完奇諾這麼說，漢密斯用諷刺的口氣說：

「哈哈～善良的奇諾被唬弄了嗎？」

「不，到目前為止都沒錯喲。從剛剛的國家往西走，有經過水是紫色的湖，之後應該就會看到一個大國才對。看來這兩條路之中有一條是正確的。」

奇諾說著說著，再一次看了看道路。

「是不是右邊啊，這邊的路很寬。」

「大概是左邊吧，這條路的土很硬。」

奇諾跟漢密斯同時說道。

「……………」「……………」

然後雙方又沉默了一陣子。

停了一會兒，奇諾說：

「我知道了，試試看左邊吧。」

「咦？」

「幹嘛？你咦什麼咦？」

漢密斯老實地回答說：

「想不到妳會這麼乾脆就決定好走哪條路，平常妳都煩惱很久的說。今天到底是吹了什麼風啊？」

「……吹了什麼風？」

「沒錯。」

說完之後，漢密斯沉默了一下子。

「然後呢？」

奇諾小聲地「嗯——」之後說道：

「我是覺得與其在這裡浪費糧食，倒不如先走再說。而且天氣又這麼熱，你也希望處在奔馳的狀況下吧？」
「話是沒錯啦……不過方向要是錯了怎麼辦？」
漢密斯不安地說道。奇諾望著遠方說：
「說的也是，要是走了一段路沒看到湖泊，或者中途路的方向有變，我們就轉頭回來這裡。運氣好一點或許會遇到什麼人，到時候再問路也行啊。」
「原來如此，不過凡事也都要試試。我贊成妳這個主意，就這麼做吧。」
漢密斯話一說完，奇諾邊呢喃「那就這麼決定」，邊把地圖跟指南針收好。接著跨上漢密斯，再把她的防風眼鏡戴好。
奇諾發動了漢密斯，接著往右邊的路前進。
「啊？啊啊！奇諾妳要我！」
漢密斯大叫。
「你講這樣就不對了，我哪有騙你？既然凡事都要試試，那走哪條路不是都一樣？不是嗎？」
「妳真賊！可是也沒必要往右走啊！」
奇諾無視漢密斯的正當抗議，反而更使勁地踩下油門。

第三話

「鐵軌上的三個男人」

—On the Rails—

第三話「鐵軌上的三個男人」

—On the Rails—

那裡是一片巨木森林。

橫切面都足以當雙人床的巨木，有如神殿的柱子一樣，但又不規則的矗立在各處。

抬頭往上看，除了綠色還是綠色。距離地面二十公尺高的枝葉，把天空遮蓋到毫無空隙。由於完全不見天日的關係，地面完全沒有長草。只有到處可見又黑又濕的泥土。這裡可說是黑色與綠色的大自然所創造出來的不自然空間。

「我不太喜歡在森林裡騎車，你知道為什麼嗎，漢密斯？」

一名站在巨木旁邊，年約十五、六歲的短髮人類說道。

削瘦的身體穿著黑色夾克，腰部則繫著皮帶。皮帶雖寬，不過她的腰很細。右腿跟腰後則掛著槍袋。裡面插著掌中說服者。

而她的旁邊停著一輛摩托車。後方沒有座位，而是貨物架。上面綑著有點髒的包包。摩托車的引擎沒熄火，所以輪胎一直在空轉。

「是因為毛毛蟲嗎，奇諾？」

那輛叫漢密斯的摩托車答道。

「不是的。……不過，那也是其中之一啦。正確的答案是在森林中很容易搞錯我們要前進的方向。像有時候想往西走，結果卻在不知不覺中往南去。而且不見天日的感覺蠻痛苦的。」

叫做奇諾的人類邊說邊戴上有小帽沿及耳罩的帽子。

「前進的方向啊？」

「沒錯，漢密斯。只要我們往正北方行駛，就能走出這片森林。屆時應該會看到馬路才對。」

「應該會看到？」

奇諾從胸前的口袋拿出指南針，然後站離漢密斯一點點距離來確認正北方在哪裡。

「準備出發吧。」

奇諾再次回頭確認沒有東西留下。之後再確認綑綁在漢密斯上的行李，還有綁在行李上的大衣會不會掉落。

然後她戴上手套，跨上漢密斯，把重心往前傾好讓主腳架彈上來。還同時踩了離合器。她讓漢密斯跑一小段路好確認剎車的準確度。最後再把防風眼鏡戴上。

奇諾發動了漢密斯。

然後跑沒多遠又停了下來。

奇諾站離漢密斯一點點距離之後，拿出指南針確認方向。

然後又跳上車騎了一段路，又停下來站離漢密斯，再確認方向。同樣的事情奇諾不斷重覆好幾次。

「天哪，怎麼這麼麻煩！」

奇諾嘴巴雖然發著牢騷，但還是很細心的繼續她的確認作業。

「辛苦妳了。」

奇諾經過了一百零八次的方向確認，終於放心加速。白線混雜在黑與綠的前進方向之間。好不容易白線往上下拉寬，變成明亮的光帶。

奇諾慢慢把速度減緩。當她眼睛習慣亮光的時候，最後一棵樹木也從她們身旁略過，摩托車終於穿過了巨木森林。

森林北方的盡頭無路可走了。

奇諾只看到眼前一片蒼鬱繁茂的叢林。

「前面沒路了耶，會不會是搞錯方向了？」

漢密斯喃喃問道。

「不……或許繼續前進也沒關係哦，你看！」

奇諾示意要漢密斯往下面看。

茂密的草叢間依稀看得見紅棕色又細長的線。旁邊不遠處則還有一條。這兩條平行的線是……

「是鐵軌！」

「答對了。」

奇諾踢踢地面，讓漢密斯稍微往後退一些。

「指引我們方向的人曾說，『摩托車應該能走吧？走一段路之後就會看到大馬路喲』，原來他講的是這個意思。想必有人直接穿過叢林當捷徑吧。」

「原來如此，可是會不會有火車通過啊？」

「你看這裡雜草叢生，鐵軌也都生鏽了。應該是沒在使用了吧……嗨咻！」

奇諾把漢密斯的前輪抬進鐵軌裡，然後往西行駛。仔細一看，鐵路沿線長著相同又整齊的雜草。彷彿是開在叢林裡的一條綠色道路呢。

「這樣也好。至少不必擔心會弄錯『前進的方向』了，對吧奇諾？」

奇諾點點頭，接著讓漢密斯前進。她小心翼翼的騎，好讓在鐵軌上的前輪不要打滑，因此她騎的速度並不是很快。

奇諾跟漢密斯軋過高大的雜草繼續前進。

就在太陽最烈的時候，他們遇見了第一個男人。

最先發現他的是漢密斯。

正當漢密斯在叢林裡慢慢轉過彎的時候，

「好像有人耶。」

它短短地這麼說。

奇諾也在直線道的最前方看到人影，然後按下煞車。

當他們慢慢接近，發現有個男人蹲在地上不曉得在做什麼。他有把頭抬起來一下子。他身後則停著一輛車輪跟火車一樣，滿載著貨物的兩輪人力拖車。

奇諾在男人不遠的前方把漢密斯停下來。關掉引擎後從漢密斯身上下來。

「你好。」

奇諾對他打招呼，男人站了起來。

是個身材矮小的老人。他的輪廓很深，不過長滿了皺紋，還有對灰色的小眼睛。

他的白髮幾乎是長的，鬍鬚也很雜亂。頭上戴著一頂小黑帽。身上的衣服也是黑色的，並已經破爛不堪。不過原本應該很筆挺的襯衫與長褲卻到處都是補釘。

「嗨，旅行者。」

老人只講了這句話。

奇諾想再跟老人多聊一些。但好像看到了什麼。

「啊！」

由於過度訝異而使她大叫了出來。漢密斯也幾乎在同時間發現，不過它什麼話也沒說。

老人慢慢的回頭，看著奇諾跟漢密斯所看到的東西。然後又把頭慢慢的轉回來，對看著自己的年輕人這麼淡淡說道：

「喔喔，那是我做的……」

奇諾看了老人一下。再看了那東西一眼之後喃喃說道：

「真不敢相信……」

奇諾跟漢密斯他們眼前看到的是條鐵軌。不過那裡卻沒有之前看到的茂密雜草。沙石不僅鋪設整齊，還看得到以相當精準的等間隔排列的枕木呢。

然後兩條鐵軌亮晶晶的像是剛從工廠送來似的。在陽光的照射下，無論上面或旁邊都發出鮮明的黑光。在奇諾的視野範圍內，鐵軌一直延伸到遠方。

「不好意思，那輛兩輪人力拖車沒那麼容易移開。請多多包涵，旅行者。能否讓妳的摩托車從鐵軌旁邊過去呢？」

「咦？啊……好，我會的。」

奇諾慌張的說道。然後又走近蹲著做事的老人，她微微低頭問道：

「呃，有件事想請問你……不曉得方不方便？」

「什麼事？如果我知道的話，我會告訴妳的。」

「那個，是你把全部的……除草跟擦拭鐵軌的事情，全都是你一個人做的嗎？」

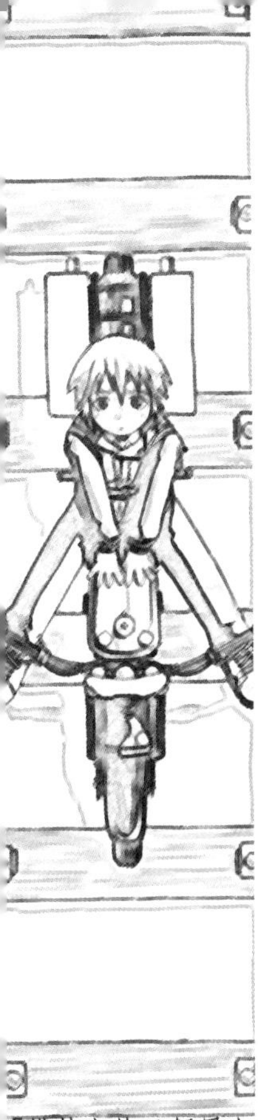

奇諾用手指著後面的鐵軌問道。

「對，因為那是我的工作。」

老人若無其事地說道。

「你的……工作？」

「是的，沒錯。我一直都在這裡做這些工作。」

老人一面說，一面拔掉腳下的雜草。

奇諾看到兩輪人力拖車。上面載的物品似乎是老人的生活用品。奇諾再次回頭看看漢密斯，然後問了連漢密斯也想知道的事情。

「你說一直是多久啊？」

「大概五十年吧。」

老人輕聲地說道。

「五十年？」

漢密斯大聲的回答。

「正確時間我是不太清楚，不過大概是那麼久。因為我只數冬天而已……」

「……這五十年來，你一直在擦拭鐵軌？」

奇諾問道。

「啊？是啊，我十八歲的時候就進鐵路公司工作。這條現今沒在使用的鐵軌，當時就已經存在了。但基於總有一天會使用的考量下，上頭就交待我要儘量擦拭。因為公司還沒下令停手，我就一直擦到現在。」

「難道你都沒回國過嗎？」

「沒有，當時我已經有妻兒，所以要盡量設法養活他們。只是不曉得他們現在怎麼樣了，不過公司應該有支付我薪水，他們的生活是沒問題才對。」

「…………」

奇諾跟漢密斯一言不發地站著。

「旅行者，妳要去哪裡呢？」

老人淡淡地問道。

摩托車在閃閃發光的兩條鐵軌間奔馳。

奇諾跟漢密斯從日出就不斷前進。看到小河流的時候就稍微休息喝口水。

鐵軌在叢林裡無止盡地蜿蜒延伸。灰色沙石鋪成的路，指引著奇諾跟漢密斯。

「昨天那個老爺爺真是難得一見呢。」

這句話漢密斯今天不知講過多少遍了。多虧雜草已除，鐵軌也亮到連天空都映在上面，因此路比昨天要好走得多了。奇諾跟漢密斯一面感受軋過枕木的規則性振動，一面繼續往前走。

就在奇諾正覺得肚子餓的時候，他們遇見了第二個男人。

最先發現到的是奇諾。

過了相當彎的急轉彎之後，奇諾突然緊急剎車。漢密斯也立刻發現到鐵軌上停著一輛兩輪人力拖車，旁邊還站著一個男人。

男人嚇一跳的回頭看，他用手上長棒般的物體把人力拖車立起來，然後張開雙手像是在叫他們停下來。

「鐵軌上的三個男人」
—On the Rails—

奇諾在距離男人不遠的地方把漢密斯停住並把引擎熄火。然後從漢密斯上面下來。

「你好。」

奇諾輕輕對他打了聲招呼。

「喔，妳好，旅行者。」

對方是個老人。身材比奇諾高，瘦得像竹竿似的。臉上長了些鬍鬚。禿掉的頭上則戴著一頂帽子。

他跟昨天遇見的老人一樣穿著上下全黑的服裝。而且也到處都是補釘。

正當奇諾想進一步跟老人說話的時候，漢密斯突然發現到一件事情。

「奇諾！鐵軌……」

它如此大叫著。奇諾正納悶地想「什麼鐵軌？」時，稍微歪著身體往拖車的後方看。她才知道原來閃閃發亮的鐵軌中斷了。枕木也不見了，只剩下一直延伸到叢林遠處的沙石。

「鐵軌不見了……」

「對啊，是我拆掉的。」

聽到奇諾的喃喃自語，老人如此回答。然後又對呆站著的奇諾說：

「對不起，我拖車沒辦法往後退，可否請妳們從它旁邊繞過去？」

說著便拿起前端有些彎曲的長鐵棒，然後走到裝滿貨物的拖車後面。

奇諾立刻發動漢密斯的引擎，越過鐵軌，一樣繞到拖車的後面。

老人把鐵棒前端插進單邊鐵軌的下方。然後，

「喝！」

隨著吆喝聲，把體重加諸在鐵棒上。接著鐵軌拆了下來，滾落到旁邊的沙石堆去。

奇諾仔細看看周遭，發現前方也有拆掉後散落在一旁的鐵軌。它們全沾染了叢林的紅土，早已經失去原來的光亮。接著老人又拆掉另一邊的鐵軌。

「我有些事想請教你……」

奇諾問道。老人回頭望著奇諾。

「請問你為什麼要拆掉鐵軌？」

「這是我的工作，一直只有我一個人在做，連拆除枕木也是。」

漢密斯用只有奇諾聽得見的聲音說：

「我有種不好的預感。」

「你說一直是……多久啊？」
「應該有五十年吧？我也不太清楚。」
「…………」
「我十六歲的時候就進了鐵路公司，上頭說沒在使用的鐵軌已經派不上用場，命令我把它給拆除掉。因為這是我的第一份工作，我可是卯足勁做喲。不過他們至今都還沒叫我停手呢。」
「難道你都沒回國過嗎？」
漢密斯問道。
「沒有，我有五個弟妹，我就是為了養活他們才出來工作，當然不能休息啊！」
「這樣啊……」
奇諾說完話後又淡淡地問他：
「鐵軌雖然長年沒在使用，卻出乎意料的乾淨呢。」
結果老人說：
「是啊，而且一直都這麼乾淨。好不可思議哦。但也因為這樣，在拆除的時候可省事多了。」
「…………」
奇諾跟漢密斯不發一語地站著。

「旅行者，妳要去哪裡啊？」

老人靜靜地問道。

摩托車行駛在灰色的沙石路上。

奇諾跟漢密斯從日出就不斷奔馳，幾乎都沒有休息。

跟在叢林裡行駛比起來，這裡的路是較為筆直。散落在一旁的是拆除的鐵軌跟挖掉的枕木。用來固定鐵軌的鐵釘也堆了蠻多的量呢。

「好難走哦……」

這句話奇諾今天已經講了好幾次。

輪胎在沒有枕木的沙石路上，抓地力會變比較差，只要稍微轉個彎就會打滑。因此奇諾一直不敢加速，只能繃緊神經緊抓著把手。

正當漢密斯想提議差不多該休息的時候，他們遇見了第三個男人。

「鐵軌上的三個男人」
—On the Rails—

奇諾跟漢密斯是同時看到他的。

她們在無限延伸的沙石路前方看到一道人影。

因為奇諾馬上減速，於是漢密斯什麼話也沒說。

當他們慢慢接近，只見一個男人坐在沙石上休息。他看到了奇諾跟漢密斯，然後大大的揮著手。

奇諾在男人前面不遠處把漢密斯停下來，並把引擎熄火。

「你好。」

「嗨，旅行者！」

男人站起身來並回話。

對方雖然是老人，卻長得很魁梧。他赤裸著上半身，手臂跟肩膀的肌肉都很健壯。若不是看到他滿臉的皺紋，說他是精力充沛的中年人也不為過呢。他穿著跟昨天及前天的老人一樣的黑色長褲。褲角則已經破爛不堪。

奇諾準備進一步跟老人說話的時候，漢密斯跟奇諾同時發現到一件事。

「有鐵軌……」「有鐵軌……」

她們倆同時喃喃說道。

老人身後有一台載滿貨物的兩輪人力拖車。而鐵軌則從它後面延伸到叢林裡，然後消失不見。

老人一面扛起放在身旁的巨大鐵鎚，一面精神奕奕地說。

「沒錯，是我做的。」

「你在修理鐵軌啊？」

「是啊，為了讓火車能在上面行走啊。所以我鋪好枕木，然後再釘上鐵釘把鐵軌固定住。」

「只有你一個人做？」

漢密斯問道。

「這沒什麼，反正我已經做習慣了。材料全都在這裡呢。妳們看妳們看。」

老人指著散落在地上的枕木、鐵軌及鐵釘。

「我有很不好的預感。」

漢密斯小聲地唸道。

奇諾問老人：

「請問這是你的工作嗎？」

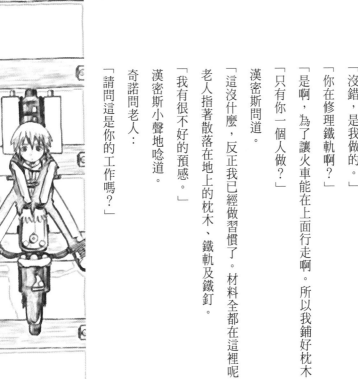

「當然，而且我一直都是做這個工作呢。」

老人笑著回答。

「你說的一直是……」

「……加加減減算起來應該有五十年吧？我這個人不太擅長算數啦！」

「…………」

「我十五歲的時候就在鐵路公司工作。上頭說之前使用的鐵路可能會再派上用場，就吩咐我來修理。只是他們到現在都還沒叫我停手。」

「難道你都沒回國過嗎？」

奇諾像是確認似地問道。

「沒有，因為我父母親生病了，我必須做三個人份的工作才行。」

「是這樣啊……」

奇諾說完這句話後，漢密斯淡淡地說：

「希望你繼續堅守崗位哦。」

「我會的，謝謝妳。」

奇諾一語不發地啟動漢密斯的引擎。

「鐵軌上的三個男人」
—On the Rails—

「旅行者，妳要去哪裡啊？」

老人微笑地問道。

第四話
「競技場」
—Avengers—

第四話「競技場」

—Avengers—

這是位於森林與河川分界線上的道路。

蒼鬱的森林被清流一分為二。看似充當堤防的土堆就是所謂的道路。它位於高出水面許多，比森林的地面略高的位置。

道路的泥土相當硬，幾乎很平坦。路面也很寬，平常好像有不少車輛往來於此。

可是今天只有一輛摩托車以極快的速度奔馳。

摩托車騎士背對著剛剛從地平線露臉的耀眼太陽。長長的影子直朝前進的方向延伸。

那名騎士的身材纖瘦，因此影子也又細又長。她穿著茶色的大衣，因為衣擺過長的關係，便把多餘的部份捲在兩腿上。頭上則戴著附有帽沿的帽子。看起來像是一頂飛行帽，但也跟軍帽頗為相似。為了防止風壓把它吹跑，便把帽子上的耳罩綁在下巴的下方。然後還戴著已經斑駁不堪的銀框防風眼鏡。

森林潮濕的空氣打在她削瘦又精悍的臉上。

「這條路真好跑！可是妳騎太快了啦！」

摩托車對著騎士大叫。

「漢密斯你說這什麼話?難不成你突然變老了?」

如此回答的騎士並沒有放鬆油門的打算。她還繼續打到最高檔。摩托車的引擎聲大到讓人以為它的消音器是不是已經掉了。而震動則是激烈到讓人懷疑摩托車是否壞掉了。

摩托車後方並沒有座椅，而是一個貨物架。上面綁著一只大包包跟捲起來的毛毯。兩旁還裝了用來裝更多東西的箱子，看起來很有重裝備的味道。但這時候那些東西全都因為車速過快而喀噠喀噠的搖晃。掛在網子上，小小的銀色杯子也瘋狂似的搖擺。

這時候道路進入了緩升坡。但騎士依然沒有降低速度的繼續衝，導致摩托車整個彈了起來。

只見一坨鐵塊在半空中飄浮了數公尺，然後「啪！」的著地。

「哇！」

名叫漢密斯的摩托車發出哀嚎。摩托車騎士在這時候才好不容易放鬆油門。當速度降到之前的一半

之後，內心的興奮尚未平復的她說道：

「抱歉漢密斯，你沒事吧？」

漢密斯憤憤不平地回答：

「怎麼會『沒事』，奇諾！我以為我骨架會折斷呢！」

叫奇諾的摩托車騎士邊退一檔邊說：

「放心啦，不會斷掉的。話說回來，剛剛速度破百了耶，好久沒飆這麼快了。載了這麼多行李還能有這種速度，真是了不起。我可要好好稱讚你呢，漢密斯。」

她一副沒什麼大不了的語氣。

「奇諾妳知不知道，就摩托車的常識來說，所謂的最快速度指的是『快到會把車搞壞的速度』喲！」

漢密斯冷靜地反駁。

奇諾可能興奮感稍微降溫了，因此她用冷靜的口氣說：

「對不起啦，漢密斯。」

然後用左手輕輕敲了兩次油箱。

「妳到底在趕什麼啊？」

「我只是覺得，偶爾應該展現一下自己最棒的實力啊，否則技術會不知不覺退步的。」

「喔，這樣。」

漢密斯一點也不覺得感動，語氣彷彿像在唸台詞似地冷淡。

奇諾倒是很開心地說：

「沒錯。而且馬上就快抵達下一個國家了。」

「我已經不相信奇諾說的『馬上』了！」

漢密斯碎碎唸道，不過奇諾則一面舉起左手往前指一面說：

「喏，你看。」

奇諾指的方向有個緩降坡，而且看得到前方有城牆。那裡是個淺盆地，茂密森林裡的一道灰色城牆把整個城鎮圍了起來。內部的建築物雜亂林立，中央有個巨大的橢圓形物體。

「打從以前我就很想造訪這裡了……」

奇諾表情突然變得很陶醉。

漢密斯對此時的奇諾，以及她想前往的國家感到完全沒興趣。

甚至還碎碎唸地說：

「等到了那裡之後，我想在陰涼又濕氣適中的地方好好休息。」

「你說什麼？」

披著大衣的奇諾大聲反問，守門的年輕士兵則說：

「要我講幾次都無所謂，既然你入境就自動取得參加資格，這是本國的規定。」

他斬釘截鐵地如此說道。奇諾同時露出驚訝的臉色並說：

「這麼說，你是要我參加那場比賽囉？」

「沒錯，小弟弟。難道你連那種事都不知道，就冒然跑來這個國家？」

士兵的口氣一副在調侃奇諾的樣子。

奇諾也明顯露出不悅的臉色。然後用強硬地口氣說：

「能不能請你不要叫我『小弟弟』？我叫做奇諾。」

「我管你叫什麼，總之比賽你非得參加。順便告訴你，你知道如果不參加的話會有什麼下場嗎？」

士兵奸笑地問她。奇諾說：

「我哪知道？」

話一說完，士兵更開心地說：

「那我告訴你吧。就是要留在這裡當一輩子的奴隸。而且會被當成逃避戰鬥的膽小鬼看待。」

「那是什麼意思？」

「那還用說嗎？這是本國的規定。順便再告訴你，誰敢違抗就會被處死。」

奇諾跟漢密斯在好不容易抵達的國家門口辦理入境手續。辦好了之後，守門的士兵對她說「你的號碼是二十四號」。接著士兵訝異地對完全在狀況外的奇諾解釋。

這國家每三個月會舉行一次爭奪市民權的比賽。想住在這國家的人必須在競技場互相戰鬥，最後勝出的人就能成為新市民。

比賽為期三天。第一天的今天是第一、二戰。明天將舉行第三、四戰。第三天則是從正午開始舉行最後一戰。個人使用的武器不拘。但是不得觀看其他人的比賽。

如果其中一方想投降，只有對手願意接受才能算數。除此之外，先無法動彈的一方就算輸。但基本上所謂的「無法動彈」，指的是已經被殺的意思。如果想逃避比賽，只要被抓到就會被視為陣前逃亡，

而格殺勿論。

本國的居民幾乎都會擁到競技場觀看比賽。當然國王也會在專用席觀賽。觀賽者如果被比賽中的流彈擊中受傷，甚至死亡，全都不能有任何怨言。

至於最後勝出的人，國王將會親自頒發代表市民權表徵的獎牌。那個時候這國家將可以增列一條新規定。只要沒有跟現存規定起衝突，什麼規定都行。這看起來似乎是讓市民有機會接觸國家政策的營運，但實際上不過是一種獎賞罷了。而且過去的勝利者也大多要求「往後不得讓我無家可歸」，因此增加的都是他們滿足自我私慾的規定。

而今天剛好是比賽報名的最後一天。在截止前通過城門的人，不論是誰都自動有參加比賽的資格。

「怎麼樣？要參加嗎？還是要直接進奴隸小屋呢，奇諾啊？如果想當奴隸的話，你可是第一號哦。」

士兵說道。不知不覺中，其他閒著沒事的士兵也靠了過來。每個士兵臉上都露出低級的笑容。而且還故意把身上的說服者弄得卡嚓卡嚓作響。

「這活動是從什麼時候開始的呢？」

奇諾不理會其他人，對她最初見面的那名士兵問道。

「大概七年前吧，只是想不到你竟然稱它是『活動』，你把榮耀的市民權當成什麼了？」

「榮耀的市民權？」

奇諾瞪了一下那名士兵。

「我只是聽說這國家充滿了綠意，是個飽受森林恩惠的地方，才前來造訪的。我還聽說這裡的居民都很謙虛，都是生活儉樸又了不起的人們。」

此時其他士兵從後面插嘴說道：

「喂喂喂，現在也是啊。你可別給我們亂掰歷史。這裡即使不工作也有許多食物。堪稱是這世上的樂園，讓你這種人來還嫌高攀呢。」

奇諾用沉穩的語氣詢問在場所有的士兵：

「請問七年前發生了什麼事嗎？」

年輕的士兵紛紛回頭看著自己的伙伴，還邊聳肩邊歪著頭努力回想發生過什麼事。其中一名中年士兵站出來說「我就特別告訴你吧」。

「這國家換了新國王喲。七年前現今偉大的國王殺了以前那個無趣的國王，讓這個國家變得更刺

激。從此之後便有一大堆人想住進這個國家來，但總不能讓所有的阿貓阿狗都成為這裡的市民，所以乾脆讓他們在競技場上戰鬥，只要能夠帶給我們快樂，就決定讓最強的那個人加入我們。其他的就送往墓園。」

他一說完這些話就湊近奇諾的臉說：

「這樣你瞭解了嗎，小弟弟？」

奇諾面色不改的說：

「嗯，我非常瞭解。我還有一個問題。」

那名士兵露出不屑的臉色並冷淡的說「什麼問題」。

「過去參加比賽的那些人，是知道要互相殘殺卻仍然前來的嗎？或者也有跟我一樣是不明究理就跑來的旅行者？」

聽到她這麼說的士兵們全都噗哧一聲的笑了出來，其中一人還這麼說：

「嘿嘿嘿，的確偶爾會有幾個像你這樣子的笨蛋。不過我們什麼也沒說，而且假裝若無其事的讓他們入境，結果他們在第一戰就全被殺掉。你以為只要哭著投降，對手就會輕易的接受嗎？像之前有一對夫婦駕著馬車旅行，不小心迷路到這裡來。幸運的是，第一戰是他們夫婦倆交手。太太因為投降而撿回一條命，但是她丈夫卻在下一戰被殺死。那真可以說是我們的傑作呢！」

他後半部那些話，就像是為了要提醒其他伙伴好像有過這麼一件有趣的事情，而眾人也確實都笑翻了。只是都沒有人發現奇諾已經氣得眼睛都瞇起來了。

漢密斯則是因為被說這件事跟摩托車無關，所以從一開始就默不作聲。不過漢密斯也知道奇諾很難得發這麼大的脾氣。

因此它也知道奇諾接下來會說些什麼了。

「幫我帶路吧。」

「我就知道。」

漢密斯自言自語地說道。

正在大笑中的其中一名士兵說：

「咦，你剛剛說什麼？」

他邊問邊看奇諾。而且很訝異盯著他們看的奇諾表情像冰一樣的冷漠。

「我說請你們幫忙帶路。」

士兵們突然收起笑容盯著奇諾看。沉默了好一陣子之後，其中一名士兵用輕蔑的語氣問奇諾：

「喂喂喂小弟弟，你真的想參加戰鬥嗎？你想獲勝啊？有武器嗎？該不會是想用那張可愛的臉來誘惑對手吧？參加者之中應該沒有人有那方面的興趣吧？」

當聽到這番話的士兵們又快哄堂大笑的時候，槍聲突然響起。掛在牆上的六個鋼盔全都彈開。屋裡瀰漫著一陣白色煙霧。

士兵一下子還反應不過來到底發生了什麼事。就在掉落在地上的鋼盔快結束轉動跟響聲的時候，他們才發現奇諾右手正拿著手槍。那是奇諾稱之為「卡農」的六連發左輪手槍。

「這種的可以嗎？」

奇諾邊說邊把子彈全部射完的「卡農」慢慢收到右腿的槍袋裡。

「臭小子，別瞧不起人！」

士兵們好不容易搞清楚狀況，而最初見到的那名年輕士兵準備要抓住奇諾。然而手槍卻在下一秒抵住了他的額頭。是奇諾用左手拔出的使用二二ＬＲ彈，槍身細長的單發自動式手槍。

接著奇諾慢慢地對身體與表情都嚇得僵硬的年輕士兵跟其他啞然的士兵們說：

「我要參加比賽。」

「這太慘了吧?」

穿過城門之後，漢密斯一開口就這麼說。

因為進入奇諾跟漢密斯眼廉的，是一座垃圾山。那裡並不是垃圾處理場，而是城裡到處都堆滿了垃圾。建築物跟道路骯髒無比，一看就知道平常都沒在清理。有幾名百姓全身骯髒的睡在大馬路上。可能是晨間沒有人在外面活動的關係，整座城都靜悄悄的。倒是有幾隻很肥的狗在垃圾堆裡尋找剩菜剩飯。整條街則是臭氣沖天。

「有這種城鎮就有這種人，對吧奇諾?不，應該是反過來說才對。」

漢密斯完全不忌諱帶路的士兵們大聲的說道。奇諾則是不發一語的推著漢密斯跟在士兵後面走。

走過一段骯髒的道路之後，終於抵達了競技場。那就是剛剛她們從遠方看到的那座橢圓形建築物。

觀眾席雖高，但兩旁卻斑駁不堪，甚至還可看到裡面的鋼筋。最上層還有些地方會搖動，可見是多麼廉價的建築物。

「雖然不曉得是誰在什麼時候建造的，不過它的狀況還真慘耶。設計也很低級。」

漢密斯又老實地說出它的感想。

奇諾被帶到競技場的地下室，士兵解釋說那裡是參賽者的宿舍。那裡雖然可以算是宿舍，但設備也只比牢獄要好一點而已。裡面擺著彈簧露出來見人的破床墊，上方有個小氣窗，還有符合這國家水源豐富之稱的洗臉台及廁所。是個陰涼又濕氣適中的地方。

「真是被這個國家給打敗了。」

帶路的士兵離開之後，漢密斯對奇諾如此說道。奇諾脫下大衣把它捲成一團。身上則穿著黑色夾克，腰際繫著寬皮帶。

皮帶上懸掛著好幾個腰包，右邊大腿的位置則吊著「卡農」的槍袋。腰後還有一把她稱之為「森之人」的說服者的槍袋。「森之人」則是槍托朝上地插著。

「它以前不是這樣的。聽說過去是每個旅行者都想來造訪的優秀國家呢。」

奇諾坐到床上，左手邊拔出「森之人」邊淡淡地說道。她把彈匣拿下來，拉開保險並滑動滑套，把槍膛裡的一枚子彈拿出來。

「結果滿心歡喜來了之後卻是這樣？看來現任國王跟前任的大不相同呢。」

「或許吧。」

奇諾從漢密斯上把行李卸下來。拿出「森之人」的五個空彈匣之後再全部裝滿子彈。

「妳是認真的嗎，奇諾？」

「什麼認真的？」

這次奇諾取出「卡農」。把中央有個按壓的零件挪開，連同槍管的前半部就整個拔了下來。

「就是比賽啊，我知道妳當時是在氣頭上，但是沒必要跟這種瘋狂的國家賭氣吧？乾脆妳第一戰的時候適當教訓對手一下，等對方快要投降的時候妳再趕快投降。屆時我們就能脫離這個地方了。」

「嗯，這也是個好辦法。」

奇諾拔下「卡農」的轉輪，再從腰包拿出兩個沒有裝彈的轉輪。她一面把其中一個裝在「卡農」上一面說：

「不過，把那個當成做最後手段吧。」

「看來妳還是打算認真應戰？」

「嗯，總之看能打到哪兒再說吧。如果這三天全都通過，要我奉陪到最後也無所謂。」

奇諾在轉輪六個空洞裡用類似注射器的東西注入黏稠的綠色液體火藥。然後裝上毛氈碎布，再把子彈嵌進去。

「卡農」的前半部已經重新裝好了。她把槍管下方的某根桿子往下彎，於是連動的短棒便利用槓桿原理把轉輪最下方的子彈往裡推。

奇諾沒有讓子彈整個裝進去。然後再次把轉輪分成兩個部份。她在子彈推進去的前方塗滿了潤滑油。防止旁邊的火花在開槍之際會噴出。

接下來是在轉輪的後方，也就是擊鐵撞擊的部份蓋上一個小蓋。這東西叫做雷管，一旦撞擊就會產生火花並點燃液體火藥。它不是一個個裝上去的，而是先把裝在鐵罐裡的雷管放進細長的專用加載器。然後把加載器前端往轉輪的後方推。

漢密斯對認真準備說服者的奇諾說：

「傷腦筋，一旦妳決定好的事，任誰都阻止不了了。」

奇諾一一的確認「卡農」的狀況。她好像想到什麼似的突然笑了出來，然後這麼說：

「偶爾也要發揮一下自己最好的實力。否則技術會在不知不覺中退步的。」

聽到她這麼說的漢密斯，

「喔，是嗎？」

則是呆板的像在唸劇本似地如此回答。

「那就是國王陛下啊？」

一身夾克裝扮的奇諾，一面往競技場的中央走去，一面往坐在觀眾席正中間的人看。在貴賓席包廂裡，有名中年男子身穿華麗的服裝，頭上還戴著王冠。

那頂王冠很樸素，也因此打造得很有威嚴的感覺。而且跟國王目前身上的華麗服裝完全不配。

國王兩旁隨侍著跟他一樣穿著華麗服裝的年輕女性。貴賓席整個被玻璃包住，還反射著光芒。

「然後，這邊就是光榮的市民們囉？」

奇諾慢慢的放眼望去。只見觀眾席已經被不分男女老幼，對於能親眼看到人類殘殺而興奮的觀眾填得滿滿的。吵雜的歡呼聲響徹雲霄。

在進場不久前，奇諾按照號碼被叫出地下室的房間。

「競技場」
—Avengers—

漢密斯則說：

「反正看也沒什麼意思，我不去了。只希望妳不要死喔。」

說完便選擇留在舒適的房間裡休息。

競技場中央是橢圓形的場地，毀損的交通工具與建築物的瓦礫殘骸四處可見。中央有個約直徑二十公尺的圓形空間，除此之外什麼東西都沒有。

參賽雙方分別站在圓形空間的兩端，然後開始比賽。

對面出現了一個頭像是鑲在筋肉裡的巨漢。他上半身赤裸，剃光的頭則閃閃發亮。他手上的粗鐵鏈前端繫著高約小孩大小的巨大鐵球。巨漢到了自己的位置之後，稍微拉了一下鐵鏈，鐵球好不容易飛到他這邊。然後他看著奇諾說：

「喂喂喂，這是怎麼回事？這小鬼是我第一個對手嗎？」

巨漢用不輸給歡呼聲的音量說道。

「是的，沒錯。比賽前我想問你兩個問題。首先是，你來這個國家做什麼？」

聽到奇諾的問題，巨漢發出「啊？」的聲音。

「妳是白癡嗎？當然是要殺了你們，好當這裡的市民啊！」

巨漢用不耐煩的語氣說道。奇諾點點頭說了「很好」之後又問：

「第二個問題，你要不要投降？」

「妳說什麼？」

「現在投降的話，我可以保證你毫髮無傷的離開這裡喲！」

巨漢驚訝到無法回答。然後他拉起連著鎖鏈的鐵球並開始揮動起來。剛開始是慢慢的，然後越來越快。鐵球在巨漢的頭上響起咻咻的聲音。

奇諾聳聳肩，然後用右手輕敲了一下「卡農」。

觀眾們立刻安靜下來。

噗嗚嗚嗚嗚嗚——！

昭告比賽開始的無力喇叭聲響起。

「去死吧——！」

巨漢幾乎在喇叭聲響起的同時大喊，身上的肌肉也整個緊繃。然而鐵球卻沒對準奇諾直飛過去。而

是以很漂亮的拋物線飛到完全不同的方向，壓扁了在它墜落處的黑色車輛。

「…………」

巨漢一下子還沒反應過來發生了什麼事，只看著殘留在他手上的鎖鏈。他把前端拉過來一看，竟然斷掉了。

「那個……」

巨漢邊喃喃自語邊看著奇諾，只見奇諾右手握著冒煙的「卡農」。巨漢露出終於明白是怎麼一回事的表情，並指著鎖鏈前端問奇諾：

「妳打斷的？」

奇諾回答說：

「是我打斷的。」

巨漢又指著落在遠方的鐵球問道：

「所以它飛出去了？」

「是飛出去了沒錯，現在你願意投降了嗎？」

聽到奇諾這麼問：

「對不起，我投降。」

巨漢立刻答應投降。

「喂喂喂，嘻嘻！想不到這種小鬼頭是我的對手，嘻嘻嘻嘻！」

傍晚時刻，跟奇諾面對面的第二戰對手，除了多了那讓人渾身不舒服的笑聲之外，講的話跟第一戰的巨漢幾乎相同。這次是個高瘦的年輕男人，紫色的頭髮像雞冠似的豎立著。

他手上完全沒有武器，上下則穿著緊繃的黑色服裝。而腹部上黏了許多小鐵片。

每塊鐵片長約手掌般大小，而且細長。然後中間的部份略彎。緊貼在他身上的那些鐵片，就彷彿像鎧甲的鱗片一般。

奇諾稍微注意了一下，但她看的不是對手，而是那些鐵片。

接著男人取下一塊往旁邊射出。鐵片邊迴旋邊飛，一個急轉彎之後又飛回來。男人把左臂繞到後面再從旁邊伸出來。原來從他的前臂到左腳已經大大地張著一塊有如飛鼠翅膀的布。

男人雙腳交叉，並且優雅的往右邊踏出一步。飛回來的鐵片像被那塊布吸住似的黏在上面。此時他

用左手敲敲右肩，再用右手從布的上面敲敲腹部。當他再次把手張開的時候，鐵片全都再度貼附在他腹部上。

「嘻嘻嘻嘻，看到了沒？我的自製手裡劍全都會飛回來！」

奇諾稍微皺了下眉頭。

然後慢慢的說：

「請你投降，我會接受的。」

「我才不要咧，妳怎麼不投降？不過除非妳死，否則我是不會接受的。嘻嘻嘻嘻嘻嘻！」

男人邊笑邊回答。兩手擺出壓住腹部的姿勢。然後他把身子稍微往前彎，抬起頭來瞪著奇諾看。

奇諾用右手敲敲「卡農」。

噗嗚嗚嗚嗚——！

喇叭聲響起。

就在那一瞬間，男人用右手抓起腹部的鐵片，瞄準奇諾射出。然後手又馬上回到腹部，繼續接連不斷地射鏢。速度快到幾乎看不見他的手。

奇諾在右側邊跑邊躲。從她旁邊略過的鐵片，以猛烈的速度一邊迴轉飛走。男人繼續射手裡劍，這次是瞄準奇諾的右側。奇諾踏著小碎步往左側跳，因此全躲開了。

男人沒有把手裡劍全射光，留了大約一半的數量。然後一面前後彎腰，一面用奇怪的聲音大叫。

「嗚喲！在手裡劍回來的同時，我還會把剩下的射出去！這樣前後包夾，看妳怎麼閃躲同時飛來的手裡劍！」

奇諾回了一下頭，看到鐵片在空中迴轉。

「去死吧！」

就在男人大喊的同時，他又繼續把剩下的手裡劍射出去。

鐵片筆直地瞄準奇諾飛去。

奇諾稍微回頭，然後馬上趴下。

「啊？」

男人發出奇怪的驚叫聲。

「既然你說一定會飛回你那邊，想必絕不會命中地面才對。」

奇諾自言自語地說道。

咻咻咻咻咻咻咻咻！

就在這個同時，鐵片剛好從奇諾的頭上飛過。

當男人用布回收飛回來的鐵片，還趴在地上的奇諾也在同時間扣下「卡農」的扳機。

槍聲及白煙飄起的同時，奇諾的右手臂也因為後座力而往上彈。

子彈打中殘留在男人胸口的一塊鐵片。而他的腹部則感受到那股衝擊的力道。

「嘎喲！」

男人只發出這個聲音，眼睛跟嘴巴都張得大大的情況下，整個人都僵住了。接著開始半失去意識的搖搖擺擺。當奇諾看到他像節拍器的搖晃，便朝他右腿的地方開槍。

男人在中彈的那一瞬間抖動了一下，血從他腿上冒出來之後就倒地不起。

而他射出的鐵片也從他上面飛過。

奇諾回來的時候屋裡有些昏暗。於是她點上了蠟燭。

她把「卡農」跟「森之人」放在床上，把夾克脫下。然後分解「卡農」，再裝上新的轉輪。

「啊，唔。原來是奇諾啊？什麼時候回來的？」

原本熟睡的漢密斯用迷迷糊糊的聲音問道：

奇諾邊組合「卡農」邊回答它：

「剛剛。還有，今晚我們要在這裡過夜喲。」

「我就知道。那我繼續睡了。」

於是漢密斯又繼續睡覺。

隔天早上，奇諾在黎明時刻醒來。

房間雖然有些昏暗，但在日出的同時就立刻明亮到能看見身邊的事物。

奇諾清清昨天「卡農」使用過的轉輪，並裝上子彈。

早餐吃的是攜帶糧食。然後慢慢做點鬆弛筋肉的簡單運動。接下來又一面揮舞「森之人」一面練習，然後又換「卡農」。

過了好一會兒，士兵終於來叫她了。

而漢密斯則是繼續睡它的大頭覺。

「…………」

第二天的第一個對手只是盯著奇諾看，什麼話也沒說。

對方是個身材矮小但體格健壯，年約五十初頭的老人。茶色的頭髮跟鬍鬚都長到分不出哪個是哪個。臉上則長滿了皺紋。

他身上穿著微髒又寬鬆的長袍，背後好像有著什麼東西，所以長袍只有那個地方是鼓起來的。不曉得為什麼，他手上很寶貝似抱著一個金光閃閃的伸縮喇叭，其他什麼都沒拿。

給人的感覺很像是帶著所有家當，在後街靠表演維生的街友。

奇諾看看那個男人，然後大聲說道。

「如果你願意投降，我會接受的。」

「……………………」

男人並沒有回答。他不發一語的輕揮右手。

奇諾用右手敲敲「卡農」的槍托。

噗嗚嗚嗚嗚嗚——！

就在喇叭聲響起的同時，男人舉起伸縮喇叭以猛烈的氣勢擺好架勢，並把前端對準奇諾。奇諾當然也在喇叭聲響起的同時拔出「卡農」，並且開槍。

子彈命中伸縮喇叭的前端，導致它被強迫往右偏去。就在那一瞬間，原本應該發出聲音的孔，竟然發射出濃稠如果凍般的紫色液體。而且當它在空中以拋物線射出的時候，還馬上燃燒了起來。

於是形成一道拱形的火焰。

拱形從伸縮喇叭前端變成火焰之後消失。然後在另一側的地面化為火池。

「果然是火焰發射器。」

奇諾一面說話一面用左手拔出腰後的「森之人」。她拉開保險瞄準男人的頭部。不過在開槍的時候卻故意稍微偏離目標。

乾裂的爆炸聲響起。滑套以猛烈的速度往返，空彈殼拼命彈出，新子彈也持續遞補上去。

就在子彈從男人臉旁劃過的那一瞬間，男人早已經把伸縮喇叭朝向對手……也就是奇諾。他滿是皺紋的眼睛露出相當險惡的眼神，一下子將力量灌注到身體裡面。

但下一秒鐘，在發出「噗噗噗噗咻嗚嗚嗚」的難聽聲響後，從男人右肩冒出紫色的噴泉。

「？」

被落下的液體染得全身紫色的男人則茫然不知所措。奇諾保持右手握著「卡農」，左手握著「森之人」的姿勢告訴他：

「我擊中了藏在你肩膀與伸縮喇叭相連的管子。雖然只是小小一個洞，不過只要在那裡加諸壓力就會破裂喲。這樣你願意投降了吧？」

「…………」

男人仔細看看自己的身體。不一會兒用低沉的聲音說道。

「我拒絕。」

「你已經毫無勝算了。」

奇諾用「森之人」邊瞄準他邊說話，但男人不為所動的瞪著奇諾說：

「殺了我吧。」

「你說什麼？」

「我說殺了我。」

正當奇諾想說話的時候，從觀眾席傳來了喊叫聲。

「給他最後一擊！殺了那傢伙！」

接著觀眾此起彼落地大喊。

殺！殺！殺！殺！殺！殺！殺！殺了他！殺！殺！殺！殺！殺死那傢伙！殺！殺！殺！殺！

殺！殺！殺！動手啊！殺！殺！

奇諾慢慢的轉過身，看著那些近乎瘋狂又開心大喊的觀眾們。然後緩緩的用「卡農」對空開了一槍。在槍聲響起的同時，觀眾席也立刻鴉雀無聲。

奇諾朝國王坐的貴賓席看。

依舊身穿華服的國王正坐在那裡，笑嘻嘻的看著奇諾。與他眼神交接的奇諾，邊瞪他邊還以優雅的微笑。

男人說話了。

「妳在猶豫什麼?還不快點殺了我?在豁出性命的戰鬥裡，本來就是勝者為王，敗者為寇。我這一生都抱持這個原則，也殺了上百人。這場比賽是我輸了，所以我必須死。小妹妹，妳要活下去。」

奇諾則一面苦笑的說：

「你叫我『小妹妹』我會不好意思，拜託不要那樣叫我。我叫做奇諾。」

「奇諾是嗎？好名字，我會當成去陰間的紀念，牢牢記住的。」

「那就謝啦。」

奇諾一面說話一面慢慢地走近男人。不久便站在他面前，把「卡農」抵在他的額頭上，並用大姆指按下擊鐵。

卡嚓！

「請你投降。」

「我不要！」

「既然如此就休怪我無情了。」

奇諾扣下扳機。

但擊鐵卻被旁邊的大姆指慢慢地推回原位。男人一臉訝異地抬頭望著奇諾，而奇諾則是笑咪咪的。只見下一秒奇諾把「卡農」反轉，握住面向自己的長型槍管。然後用槍托往男人的太陽穴敲下去。

她的動作實在太快了。

男人話都還來不及說，就休克倒在右側。

「這麼可愛的孩子是我的對手？妳那些對手到底在幹什麼啊？」

第二天的第二個人……也就是準決賽的對手，對著奇諾這麼說。

那是個把金色長髮綁在腦後的年輕女性，也是個身材高眺，輪廓很深的美女。

她身穿類似軍裝的襯衫跟長褲。上面還套著附有不少包包的背心。纏繞在腿部的包包容量蠻大的，是拿來裝細長物品用的。

她左手握著一把說服者。是一把木製槍托的步槍。因為是槍栓手動式機槍，所以每開一次槍就得靠手動的方式做退殼及上彈的動作。

扳機前方的固定彈匣有些突出。除此之外它有著細長如棍的槍身。

「他們一定是太大意才吃敗仗的。」

「哈哈哈，可能吧。我也常用那招呢。」

奇諾問道。

「妳想當市民嗎？」

「我？沒錯，妳知道為什麼嗎？」

奇諾搖搖頭，女人突然呼吸急促地說道。

「之前我來這附近的時候，在森林外遇到了一個非～常可愛的男生！我之所以想當市民就是一定要把他弄到手喲！」

奇諾很明顯的露出大吃一驚的表情。

「這應該是女人的本性吧？妳懂嗎？」

「……不懂。」

「是嗎？」

此時奇諾用很複雜的表情問她：

「……那個，我猜妳大概會拒絕。請問妳願意投降嗎？」

「那應該是我說的話吧。」

她立刻答道。

「果然是白問了……」

奇諾邊發牢騷，邊用右手敲敲「卡農」。

女人拉開說服者的槍栓，再從胸前的包包取出裝有五發長彈殼的滑夾。然後把它嵌在槍身後再一口氣壓進去。然後再取下滑夾，關上槍栓，裝上第一顆子彈。

噗嗚嗚嗚嗚嗚——!

喇叭聲響起的同時，兩人如脫兔般地朝後方的廢物堆衝去。然後跳進後面躲起來。女人到了廢鐵後方就立刻一面找掩護，一面擺出半蹲的姿勢。她擺動說服者，瞬間擺好了架勢。

女人很快的吸氣，輕輕吐了一口氣再屏住呼吸。隨即瞄準奇諾躲藏的廢物堆中心開槍。

只聽見一陣高亢又長的爆裂聲，女人因為後座力而導致上半身往後仰。奇諾便從她最初衝進的廢物堆，移動到隔壁的另一堆。奇諾最初躲藏的廢物堆全被打穿，子彈還在一瞬間穿過她剛剛站的地方。

女人看到從她開槍射擊的廢物堆跑出來的奇諾。

「挺厲害的嘛!」

女人以極快的速度操作槍栓。空彈殼啪擦一聲的彈出，她立刻填裝下一顆子彈。

「穿甲彈?」

奇諾一面喃喃自語，一面用左手拔出「森之人」並拉開保險。她小心翼翼並飛快繞到那女人右側有遮蔽物的地方。

「競技場」
—Avengers—

奇諾慢慢從鐵板下方露臉的時候，看到了女人閃耀的金髮。奇諾馬上便跳到隔壁的廢棄物……部份的石造城牆後面去。就在她趴下的同時，聽到了啪一聲子彈穿過石頭的聲音。

啪！啪！啪！

女人打算隔著障礙物來射擊奇諾，連續開了三槍。就在那個時候石塊開始搖動。

奇諾趴在地面的時候，看到散落在身邊那些如拳頭般大小的石頭。

女人繼續舉著說服者，並取出彈匣裝上新子彈。就在她準備再次射擊目標的時候，頭突然感到一陣劇痛。

「好痛！」

當她抬頭起來，正好看到石頭朝自己飛來。雖然連忙閃躲，但還是擊中肩膀。石頭繼續不斷的飛來。女人不得已只好衝到斜前方的廢鐵山，然後蹲下身來。

當她用左手壓住頭的時候，鮮血從金髮下方冒了出來。

「可惡！」

女人因為過度氣憤而不小心露出了臉跟說服者，當她看到奇諾正瞄準自己的時候，立刻焦急的往後退。

奇諾並沒有開槍。她繼續瞄準目標，跑到距離女人約三坨廢物堆……拆掉建築物之後的廢料山、桌椅、窗框跟大門的地方躲起來。

女人的額頭冒出了汗水跟鮮血。她直接用手擦拭。

奇諾大聲的問那女人：

「聽得到我說話嗎？妳還是不肯投降嗎？」

「開玩笑！別瞧不起女人了妳！」

「在這麼近的距離下，用那種說服者對妳是很不利的。」

女人的回答是：

「…………」

如此而已。

奇諾蹲下來背對著廢物堆裡的鐵門，一面呼——的吐了口氣，一面重新握好左手的「森之人」。這時奇諾的額頭也冒出了汗水，還順著臉頰流了下來。奇諾喃喃自語地說道：

「想要在不殺人的情形下取勝是很難的呢，師父。」

就在那個時候，女人照分解說服者的順序拔掉了整副槍栓。然後從腰後附有軟墊的包包裡取出圓筒狀的零件，再把它裝進原來槍栓的地方。這時候那零件好像是原本就裝在說服者似的整個裝在機關部。接著女人又從腿部的包包取出細長的彈匣。她開始微微的笑了起來。

奇諾從廢物堆的左下方偷偷往前看那女人從剛才就躲藏在後的廢鐵山。接下來她用「森之人」射擊堆在最上方的廢鐵。結果鏗的一聲，對面那些廢鐵就整個坍塌下來。

女人連忙抱著說服者跑了出來。她還用這個姿勢開了一槍。奇諾原本打算女人如果再開槍就要從現在躲藏的地方跑出去，結果卻被跟之前完全不同「砰！」的短促槍聲與「啪咻！」的輕快著彈聲嚇到而連忙打住。

接下來約三秒鐘左右，子彈不間斷地飛來。放低身子的奇諾馬上跳到旁邊的土堆。

「那、那是什麼啊？」

奇諾滾到廢物堆右端，並慢慢探出頭。

她看見女人躲在前方第二堆廢物堆裡。有個之前沒有的細長彈匣從她手上的說服者右邊斜突出來。

「我還是頭一次看到那種東西。」

奇諾邊把頭縮回來邊喃喃說道。之前每開一次槍就得用手動方式上彈的說服者，突然之間變成可以連開幾十槍的自動式步槍。

原本打算只要女人開槍，就要一面連射一面接近，讓她沒有時間上彈而自然投降的作戰計劃……

「看來是行不通了。」

奇諾喃喃自語道。同時廢物堆右端也遭到槍林彈雨的襲擊。廢鐵四處飛揚，奇諾只好退避到廢物堆正中央。

女人取下還剩幾發子彈的彈匣，再插上新的。她半蹲地舉著說服者，而且正大光明的現身，慢慢走到奇諾躲藏的瓦礫堆前說道：

「妳表現得很好，大姊姊現在就來做個了斷。我不會再開槍了，妳快點出來吧。我願意接受妳的投降。」

「真的嗎？」

奇諾從廢物堆後方回答。女人繼續瞄準廢物堆的右端，小心翼翼的凝視對面，然後慢慢的往右走。

下一秒鐘，她突然一面開槍一面以突擊的方式繞到廢物堆後方。子彈、空彈殼與槍聲接連不斷地響

起。
然而子彈所瞄準的瓦礫堆後面並沒有奇諾的蹤跡。反倒是斜立著一扇門。子彈全打在門上，而且都彈到一旁。
女人在一瞬間判斷奇諾應該是逃到另一頭了。於是她停止連射，正準備回頭的時候……
「？」
她發現門旁邊露出了一隻人手，而且還握著掌中說服者。前面探出一張人臉，一隻大眼睛正看著她。
「妳騙人——！」
奇諾很開心的這麼說。女人則露出驚愕的表情。
乾脆的爆裂聲持續著，「森之人」的三發小子彈貫穿了女人的右肩。女人手中的槍掉落在地上。
奇諾仍舊擺著瞄準女人的姿勢從門後現身。
剎那間女人噗哧地笑了出來。然後搖搖頭說：
「沒辦法，我投降。」
「謝謝妳。」
奇諾話說一完，女人的頭部跟肩膀不斷冒出鮮血，她還笑著問說：

「仔細一看妳長得還挺可愛的，待會兒要不要陪大姊姊享樂一下呢？」

奇諾一回到房間，漢密斯一如往常的被聲響吵醒。

奇諾抱著一只看似很重的紙袋。

「歡迎回來，奇諾。看到妳平安無事真是太好了。對了，那是什麼？難不成輸了還有參加獎可拿？」

奇諾小心翼翼的把紙袋放在床上說，

「不是的，那是明天要用的必需品。」

「傷腦筋。」

奇諾從紙袋拿出裝有綠色液體的瓶子。那是「卡農」用來射擊的液體火藥。然後她又拿出小紙箱，裡面是四四口徑的子彈。它前面的彈頭不是尖的，是簡直像破火山口的空頭彈。

奇諾從行李中拿出小型火爐，放了幾個固態燃料並點火。接下來把她平常拿來喝茶用的杯子洗一洗，把液體火藥倒進去並放在火爐上。

「奇諾妳在做什麼?」

漢密斯頭也不回的詢問正小心翼翼做處理作業的奇諾。

「我在煮液體火藥。」

「妳在玩火?這很危險耶,為什麼要這麼做?」

等到杯子裡的液體火藥煮到變成黏稠狀,奇諾便把它從火爐移開,再加一些液體火藥之後,又拿到火上加熱。

「這樣就能提升液體火藥的濃度,增強它的爆發力。也能提升子彈的第一時間速度。」

奇諾輕輕的攪拌杯子,把液體火藥煮到幾乎像麥芽糖的狀態。然後在洗臉台放水,用來降低杯底的溫度。這時候它的黏度跟顏色又更為增加,整個看起來像是僵硬的深綠色顏料。

奇諾這次把子彈拿在手上。空頭彈是重視破獲力更勝於貫穿力的子彈。因此當它命中目標的時候,彈頭會給以物體破壞並擴散其面積。屆時中央會出現彈孔,但邊緣會變薄。

奇諾只取出一顆子彈。她把煮好的液體火藥,小心翼翼的從前端裝進去。她只留下些許的點火口,再用液體火藥把洞口蓋起來。

她再拿一根雷管裝在那個洞的中心。

接下來她取出鉛粉。這是當漢密斯缺零件,或是讓螺絲帽或栓子的洞能夠再度恢復時所使用的鉛粉，凝固之後可是有相當的硬度呢。

奇諾把鉛粉的A跟B適量混合，然後慢慢倒進剛剛子彈裝有雷管的前端。

原本有如破火山口的彈頭，已經變成漂亮的圓錐型，變成了一座錐型火山。這時候奇諾拿起刀子用力劃下十字。鉛粉很快就乾掉了。

「完成了！」

奇諾抓起手製的子彈，像個孩子一樣的開心。

漢密斯則繼續熟睡中。

來到這國家的第三天早上，奇諾在黎明時刻起床。

她把「森之人」分解，一一做保養，再把子彈重新裝上。然後一如往常的做練習。

吃過適量的早餐之後，奇諾請看守房間的士兵拿有關這國家的歷史、法規等資料給她看。

「拿去吧！」

奇諾仔細確認士兵拿給她的書籍內容。

那是距今七年前的事。

以嚴格的政治為人所景仰的前任國王被他兒子，也就是現今的國王暗殺身亡。而且還是用極為殘忍的手法。

對現今的國王來說，因為他長久以來遭到嚴厲父親的厭惡，所以壓抑許久的情緒終於爆發。而且他還肅清所有反對他行動的人。當時跟前任國王有血緣關係者，幾乎都遭到殘害。連現今國王的哥哥妹妹，以及叔父母一家人也都被殺光。

他雖然沒有殺自己的妻子，但她卻因為過於難過而自殺。他的兩個孩子則被放逐到國外而下落不明。但也有早已被殺或還被監禁在地牢等說法。

當他繼任王位之後，便在這受到大自然恩惠的國家隨便亂訂法規，開始了自甘墮落的生活。就連過去原本過著勤勉樸實生活的國民，也開始贊同他的做法。

民眾剛開始似乎也有反抗。可是在習慣快樂的生活之後，幾乎所有人都開始景仰起現今的國王。實在是很隨便的人們。

一直到現在。

當漢密斯自然醒來的時候，幾乎是正午了，而奇諾也被叫去準備最後的決賽。

奇諾在「卡農」上裝好空轉輪，並在其中一個洞裡裝進煮過的液體火藥。而且還硬塞進比平常多好幾倍的量。然後並沒有塞碎布就直接把子彈裝進去。那是她昨晚做的子彈。

奇諾使用四四口徑的空彈殼，壓了一下子彈的邊緣再塞進轉輪裡。

接下來奇諾在轉輪對面的某個洞裡面塞了好幾片碎布。然後用桿子塞得緊緊的。

只有一根雷管嵌在裝有子彈的洞裡。

「妳在做什麼，奇諾?那樣只能打一發子彈喲!」

奇諾微笑著說：

「這樣就綽綽有餘了。」

說著便轉動只能開一槍的轉輪，然後把「卡農」收進槍袋裡。

接下來奇諾把所有行李全堆在漢密斯上面並固定好。披上了她的大衣。

「那我們走吧，我希望你今天能在旁邊觀戰。」

她踢掉主腳架之後就邊推漢密斯邊走出房間。

「為什麼?」

「因為我想在比賽結束後，馬上離開這個沒有浴室的國家。」

奇諾開心的說道。

在沸騰的歡呼聲中，奇諾走到了競技場的中央。掛著大衣的漢密斯則在場地的出入口看著她的背影。上面是好幾排的觀眾席。而觀眾席正面的中央則可見到傲慢的國王把腿放在桌上喝著酒。

奇諾一走到中央，她的決賽對手也從對面走了出來。當他慢慢走向中央的時候，奇諾也慢慢的觀察這名男子。

他是個二十初頭的青年。身材很高，體格也很均勻。髮色跟奇諾一樣是黑的。他身穿藍色牛仔褲，以及肩膀跟手肘都有貼布的綠色毛衣。

奇諾跟那男子四目交接。他的表情跟過去的對手完全不一樣。感覺他這個人臨危不亂，而且臉上似乎露著和藹的笑容。彷彿像是即將上死刑台的殉道者。

而他的武器只有繫在腰際的一把刀。刀鞘就直接插在皮帶上。

「大叔請問一下。」

漢密斯叫了一下站在隔壁的中年士兵。

「幹嘛？」

「那個長相溫和，手上拿刀的大哥是決賽對手？」

「喔，沒錯。他可是毫髮無傷，一路過關斬將到這裡的。光看就知道他是個高手呢。你的伙伴其實也不錯，但這次可能蠻危險的哦。」

漢密斯並沒有露出特別吃驚的樣子。

「這樣啊～」

「你的感想就只是這樣……你不替你伙伴擔心嗎？」

士兵不由得問道。

「擔心？又不是只要我擔心就能讓奇諾變厲害。」

「你這傢伙真無情耶！」

「我想應該沒問題啦……更重要的是，我覺得奇諾一定在打什麼跟比賽無關的主意，這才是我最擔心的。」

「啊？」

當時的士兵完全不瞭解漢密斯在說些什麼。

「我叫做西茲。」

持刀男跟奇諾面對面並報上自己的名字。他的口氣彬彬有禮，發音也很正確。

「我叫做奇諾。」

奇諾回答。

「奇諾啊……有件事想請你答應。」

「什麼事呢？」

西茲說出奇諾至今講了四次的話。

「希望你現在投降認輸，我會接受的。」

奇諾有點訝異，然後問他。

「西茲先生想當市民嗎？」

「嗯……我想。」

「這腐敗國家的市民？」

這次換西茲感到訝異了，他看了奇諾一會兒。眼神雖然銳利，但並不是在瞪她。

「這真叫我感到吃驚，你明知這點還參加這不合常理的比賽？而且還打到決賽……難道你不想當市民？」

「是不想，倒是你自己呢？」

西茲避開奇諾的眼神，剎那間像是在想些什麼，然後看著奇諾的眼睛慢慢地說：

「我有很重要的理由必須當這裡的市民……所以希望你能夠投降。」

「我不曉得是什麼理由，但是我拒絕。」

奇諾斬釘截鐵地說道。

「為什麼？你不想當市民，為什麼要戰鬥？」

西茲用不明究理的表情問道。

「答案很簡單，我現在想在這裡戰鬥，所以才留下來。」

奇諾說完，又輕輕地敲敲右腿的「卡農」。

西茲只好死心地搖搖頭，並看了一下自己出場的方向。

他用左手大姆指把刀往前推。再用右手握住刀柄，拔出。

銀色的刀身出現。西茲以雙手握住刀柄。

噗嗚嗚嗚嗚——！

喇叭聲響起。

奇諾慢慢地拔出「森之人」。她拉開保險並瞄準西茲。但沒有開槍。

西茲站在原地把刀平舉著，刀身略微傾斜。之前溫柔的氣氛已經消失無蹤。他全身彷彿跟刀合而為一，散發著緊張的感覺。

西茲往前一步接近奇諾。接著再踏出一步。

奇諾開以「森之人」開了一槍。子彈從西茲頭部旁邊相當遠的地方略過。西茲不為所動的又接近她一步。

這次奇諾瞄準快接近西茲頭部的地方開槍。西茲動也不動的任由子彈從耳邊擦過，然後又靠近一步。

奇諾輕輕吐了口氣，這次她瞄準西茲的右肩。剎那間西茲手上的刀身輕快的移動，跟奇諾的準星重疊在一起。

「！」

奇諾雖然訝異，但還是扣下扳機。子彈擊中西茲的刀身，然後彈到斜後方。

「厲害！」

奇諾彷彿不關己事的真心讚嘆，並朝西茲的手腳開了好幾槍。

西茲的動作很快，而且很自然的移動刀身，結果子彈全被刀身擋住彈開。

於是他又靠近了一步。

「看到了沒，摩托車？這就是那傢伙的厲害之處。」

中年士兵像在替男人聲援似地對漢密斯說。

「喔——想不到子彈只打到刀，他的確厲害。難道他知道奇諾何時要開槍？」

「他應該是一直在注意對方瞄準的目標以及眼睛跟指頭的動作吧？前兩戰他也是以相同方式擊敗了使用說服者的高手呢。」

「太厲害了吧？我不曉得世界有多美麗，但果然是人外有人天外有天呢。」

漢密斯很坦然的感到驚訝。士兵則露出風流雅士的表情說道：

「這就是所謂『無法解釋的對手』呢！」

「大叔，你有詩人的味道哦！」

被漢密斯這麼嘲弄，中年士兵不好意思「嘿嘿」地笑了出來。然後，

「可是不曉得為什麼，他都沒殺人哦。」

「什麼？」

「他都沒有殺人，只是毫不留情地讓對手受傷而已。話說回來，你伙伴也一樣呢。雖然有開槍，但都沒殺人。想不到這兩個人都沒殺人還打進決賽，這還真是前所未聞呢。他們到底在想些什麼啊？」

士兵用讓人分不出是佩服或吃驚的語氣說道。

「真是的，搞不懂她在想些什麼……」

正當漢密斯碎碎唸的時候，又聽了幾聲開槍的聲音。

奇諾開了八槍，沒有一發擊中西茲。她取下「森之人」只剩兩發子彈的彈匣，又插進裝好十發的新

彈匣。

西茲站在奇諾眼前。

「請問你願不願意投降?」

繼續把刀平舉的西茲用冷靜的語氣說道。

「不願意。」

奇諾瞄準西茲的刀身並回答。她並不是故意要瞄準刀身。而是無論她瞄準西茲哪裡，他都能把刀子移動到那裡。

奇諾開槍，可是彈開了。

下一秒，西茲靈巧的往前，並在一瞬間抓著攻擊的時機。

「喝!」

西茲右手那把速度飛快的刀從左下往右上的角度朝奇諾的肩部斜砍上來。刀尖擦到「森之人」的槍管，於是它從奇諾的左手彈了出去。

而西茲的左手迅速接續往上揮的刀柄。並且不發絲毫聲響的回砍。這次則是雙手握刀瞄準奇諾的左肩砍下去。

奇諾在「森之人」離手的那一瞬間，左腳輕快的往後退。雙手一面在頭上交叉又一面靠近西茲。

喀！

奇諾高舉交叉的雙手，打算從底部接住西茲用刀背砍的這招。剎那間擦出了火花。

「什麼？」

就在西茲短短說出這句話的同時，奇諾一面用左臂推開刀身，一面繞到西茲的左側。然後又乘勝追擊的用右手掌底朝西茲的太陽穴撞下去。

西茲在受到鉤拳撞擊的同時，身體邊往右傾倒，邊用右手朝奇諾的側腹揮刀。由於這攻擊並沒有什麼威力，所以奇諾從外側用左手臂擋住。金屬聲隨即響起。

西茲倒退了兩步，又很快的重新擺好平舉刀身的架勢。

奇諾維持左腳後退的姿勢，馬上夾緊兩腋重新擺好架勢。

然後馬上放鬆身體的緊張感，再輕甩兩手鬆弛麻痺的感覺。

裂開的夾克裡露出金屬物體，可見她在夾克的兩隻袖子裡裝了什麼東西。

「你的確很厲害，而且懂得很多說服人的方法。實在是太令我驚訝。」

西茲把刀轉過來，把刀刃對著奇諾。

「不過差不多該認真的請你投降了。」

西茲繼續擺著架勢，動也不動地說道。

奇諾自然地放下雙臂，站在原地回答。

「我拒絕。」

「當我成為市民的時候，再增加想讓你成為市民的規則不就好了？」

「我還是拒絕。因為我並不想當什麼市民。」

「喔，是嗎？可是再打下去，你只有死路一條喲。」

雖然西茲瞪著奇諾，但口氣卻很沉穩。

反倒是奇諾卻用半開玩笑的語氣說：

「其實啊……我在這國家都沒殺死任何人呢。」

西茲皺起眉頭問：

「是嗎……然後呢？」

「然後啊……」

奇諾笑容滿面，神情愉快地這麼說：

「起碼最後一個對手，我要好好的大開殺戒。」

「…………………」

西茲完全沒有報以任何回答。反而用哀怨的眼神看著奇諾。

奇諾也盯著西茲看。她的眼神倒是很開心也很好奇，彷彿終於在人群中發現到要等的人似的。

西茲輕快的移動。他把刀高舉過頭來爭取攻擊時機。奇諾微微笑了一下，並把右手伸向「卡農」，然後拔出來。

下一秒鐘，雙方全部靜止不動。

原來奇諾的「卡農」早就抵住準備揮刀砍下的西茲。

西茲知道只要奇諾拉開擊鐵再輕輕扣下扳機，自己的下顎鐵定會轟出一個大洞。他輕輕的說：

「好快……」

「這比你看出說服者瞄準的地方還要簡單，其實只要冷靜看你怎麼斬擊就一目瞭然。再來只要比對手還要快拔槍就行了。」

「…………」

「這只能說，你對於勝負的觀念實在太過於執著了。這種說法可能有些不太恰當，但比賽還是有它的樂趣所在，而不是為了互相殘殺。」

奇諾一面盯著西茲的表情看，一面用勸導的口氣這麼跟他說。西茲的表情一瞬間放鬆了下來。又恢復成奇諾最初看到的沉穩表情。

西茲繼續擺著刀高舉過頭的姿勢說：

「……我輸了。我認輸，現在我該怎麼做才好？你願意接受我的投降嗎？還是要我當場死在這裡？」

「都不用。」

西茲發現立刻回答的奇諾表情突然大變。奇諾嘴角露出微笑，但她的眼神並沒有露出笑意。

奇諾用左手卸下「卡農」槍管下的桿子。像平常塞子彈般的把它折彎。在槍管最下方的洞裡，塞著碎毛氈布。然後左手的桿子像要把布壓碎似的往前塞。

同時她又用右手從另一邊用力把布擠出來。經過兩手從前後用力擠壓之後，「卡農」就變得安定多了。

「你在……做什麼？」

正當西茲如此問的時候，觀眾席紛紛發出「結束了！」、「殺了那傢伙！」的叫聲。最後終於像一氣呵成的大合唱……

殺！殺！殺！殺！殺！殺！殺！殺！殺！殺！殺！殺！殺！殺！殺！殺！殺！殺！殺！

奇諾面不改色的繼續擺出瞄準西茲的架勢，不過她稍微往左移動一下。西茲也自然而然的往右移動。

「你還在猶豫什麼……想殺的話就……」

奇諾把「卡農」對準西茲的喉頭，還稍微用力抵了一下。她瞄了一下西茲的眼睛，然後像小孩猜謎般的問他：

「你的後面有誰啊？」

「什麼？咦？啊！你……該不會……」

奇諾大叫：

「蹲下！」

「！」

西茲一彎膝，奇諾便扣下「卡農」的扳機。

擊鐵撞擊雷管。點燃了爆發力提升到極限的液體火藥，其燃燒瓦斯把子彈推出去。飛出槍管的子彈穿過西茲圈起的手臂。噴出的瓦斯形成白色衝擊波，撞到西茲的前額。那股衝擊力還把他撞得翻了個筋斗。

而奇諾雙肩不僅因為後座力而感到疼痛，連她也往後翻倒。

子彈正如奇諾瞄準的，筆直朝觀眾席中段的貴賓席飛去。厚重的玻璃被裝滿鉛粉的彈頭命中，然後貫穿。接著玻璃整個粉碎，像瀑布般的落了下來。

子彈前端因為那道衝擊而四處破裂。

剩下的子彈繼續前進，進入坐在中間位置頭戴王冠的男人嘴巴，命中了他的上顎。

子彈穿透的他的皮膚，粉碎了他的骨頭，一面破壞肌肉一面進入他的頭部。

子彈邊緣開始捲曲毀壞，最後衝擊力傳達到雷管並產生小火種，於是點燃了裝在裡面的液體火藥。

國王的頭整個爆開。

臉部變成碎肉片朝前方飛散。而粉碎的頭蓋骨碎片，及構成耳朵和腦部的細胞混合物則從他頭部兩側噴出。黏著頭髮的後腦杓皮膚整個捲起來，而王冠則是彈到後方去。

坐在附近的人們禮服上全沾滿了鮮血、腦漿、毛髮等等，看得讓人不禁作嘔。

國王的上顎完全不見，下顎的齒列及舌頭則明顯的露出來。

被槍的衝擊力震到後方的西茲，倒著看到坐在散落的玻璃碎片後方的國王，頭部比平常大上一倍。接下來又看到鮮紅的球體在一瞬間包圍了整個貴賓席。他的後腦杓跟背部重重地摔到地面上。

當紅色的煙霧消失之後，他比奇諾及任何人都還先發現奇諾剛剛開槍殺了這國家的國王。

「怎麼會這樣……」

西茲喃喃自語道。他的頭很痛，也暈得很。

接著他就昏倒了。

要讓隨著奇諾的槍聲停止喊叫的觀眾瞭解到底發生了什麼事，其實是需要一點時間的。一部份的人聽到從貴賓席傳來慘叫聲，然後看到裡面的人邊吐邊跑出來。

不久國王死亡的消息像傳話遊戲似的傳遍觀眾席。

這時候奇諾把骨架搖搖晃晃的「卡農」收進槍袋，把「森之人」撿了起來。確定它沒有損壞之後再收進槍袋裡。

所有觀眾不知道該如何是好，只是不停的喊叫。

奇諾望了一下觀眾席，然後張開雙手大聲的說道：

「各位！很遺憾，國王被流彈擊中身亡！在此獻上我至高的哀悼！而我贏了這場比賽！我成了這國家的市民！在此我要說出擁有勝利者權利的我想訂的新規則！國家不能一日無君！因此我想決定新任國王！從現在起，在這國家的所有人必須在國內比賽！而最後勝出的那一個人就是新國王！不想戰鬥的人在離開國家的時刻，將被剝奪其市民權！這就是我的新規定！」

競技場一瞬間變得鴉雀無聲。

但只有一下下而已。

奇諾朝漢密斯停放的出入口跑去。途中還踢了倒在地上的西茲肩膀。

「……很痛耶。」

「真是抱歉。我要離開這個國家了，想當市民的話就請便吧。」

此時整個競技場充滿了怒吼跟慘叫聲。到處都聽得到槍聲。

奇諾來到了漢密斯停放的地方。

「歡迎妳回來。我就知道妳會做出什麼事。」

站在漢密斯旁邊的中年士兵對奇諾說：

「妳、妳好厲害哦。怎、怎麼樣？要不要跟我聯手？妳一定能當上國王的，我來當妳的大臣！」

奇諾邊披上大衣邊不感興趣的說：

「謝了，不過我要離開了。」

「喂，大叔！如果還想要命，勸你還是離開這個國家比較保險喲！」

奇諾發動漢密斯的引擎。爆音在水泥地迴響。

士兵正打算繼續說話……

「再見囉，大叔。」

卻讓漢密斯搶在前面這麼說，隨後奇諾就騎著漢密斯離開。

不一會兒，她們就消失得無影無蹤。

西茲一步步慢慢的走上觀眾席。他的表情非常空虛。

放眼望去一片混戰，還有些是單方面的處刑。突然有個男人對不予理會那些事情，且呆呆地繼續步行的西茲說話：

「小兄弟你挺有本事的，來當我的伙伴，我們一起聯手作戰怎麼樣？」

但西茲看都不看他一眼。

「喂，看我現在就宰了你！」

男人說完這句話，就有手持斧頭與鐵管，看起來像是他手下的男人從左右襲擊西茲。

西茲不發一點聲響的朝右方拔刀。然後越過左肩往後面的男人刺下去，收刀的時候又把正面的男人的臉縱切成一半。

他沒去在意男人那些紛紛走避的同夥。西茲右手持著刀走上貴賓席，不久踩到散落一地的玻璃。

踏進貴賓席，只聽見踩到腦部碎片的噗滋噗滋聲。

西茲看著坐在椅子上，身材變得很矮的國王。

國王無力下垂的舌頭，看起來像在做鬼臉吐舌頭一樣。

西茲微笑了一下。

慢慢地嘆了口氣。

然後喃喃地說：

「好久不見了。」

奇諾跟漢密斯在森林裡的道路上奔馳。

不一會兒便來到了湖邊，奇諾把漢密斯停了下來。

跨下漢密斯，奇諾坐在湖畔的草地上。

「好美哦。」

漢密斯看著平靜的湖面說道。湖面倒映著湛藍的天空跟鮮艷的綠色森林。奇諾朝湖水丟了一顆小石子。咚的一聲，水面泛起漣漪。然後又馬上消失。

「我說奇諾……」

「什麼事，漢密斯？」

漢密斯並沒有馬上回答。只聽見鳥叫聲在她們倆周遭響了一陣子。

接著漢密斯慢慢地開口說道：

「……是啊。」

「之前……其實算蠻久以前啦，我們不是曾遇見一對乘著馬車的年輕夫婦嗎？」

奇諾又丟了一顆石子。

「我記得那時候他們說在西邊廣大的森林裡有一個非常棒的國家，還說要到那裡去。」

「……他們的確是那麼說沒錯。」

「後來我們不是在某個地方遇到那位太太，當時只有她一個人。」

「……對啊。」

「如果我沒記錯的話，那位太太笑容滿面的對妳這麼說。『那是個非常棒的國家，有機會奇諾妳一定要去看看。』」

「……對，一點也沒錯。」

奇諾抓起附近一顆約嬰兒的頭那麼大的石頭，然後毫不考慮地往下丟。

隨著「噗咚」的聲音響起，湖面不知趣的漣漪擴散開來，映在上面的世界也搖晃了起來。

奇諾直盯著那個景象看。

可是湖面持續搖晃沒多久的時間，又立刻恢復原來平穩如鏡子的模樣。

「好了！」

奇諾拍拍屁股站了起來。

她看了一下湖面。

上面映著一張黑髮蓬亂又削瘦的臉龐。

正當奇諾要跨上漢密斯的時候，她聽到遠方傳來的引擎聲，並且朝這裡接近。

「是一輛雪白的輕型越野車喲。」

漢密斯只靠引擎聲就辨別出來。

突然間，一輛低車身的沙漠用輕型越野車從森林裡出現，並停在奇諾與漢密斯前面。坐在上面的是西茲。而他旁邊的座位上則坐著一隻毛絨絨的大白狗。那是一隻有著大杏眼及表情看似在笑的可愛的狗。

「競技場」
—Avengers—

「嗨，奇諾。」

西茲笑容滿面地從駕駛座跟她說話。

「你好。」

西茲關掉引擎，摘下防風眼鏡並走下越野車。他把刀放在座位上，然後站在奇諾的前面說道：

「我很希望能再見你一面呢。」

「是嗎……很遺憾你無法成為市民。」

「別這麼說，沒關係啦。倒是我想向你道聲謝呢。」

「向我道謝？」

奇諾露出訝異的表情。

「對，沒錯。」

西茲話一說完便對她深深地鞠了個躬。

「你幫我完成想當市民的心願……也幫我殺死我父親，我打從心底感謝你做的這一切。」

然後他看著奇諾說：

「謝謝你。」

「……………………」

奇諾沉默不語，倒是漢密斯在這時候發聲了。

「原來你是王子嗎？」

它如此大叫著。

「過去我曾經是，但現在不一樣了……事實上呢，我原本打算在優勝獲頒獎牌的時候，當場殺了那男人……這想法在我心中有七年了。多虧奇諾幫忙，我現在已經心無牽掛了。」

西茲靦腆地微笑。

奇諾則輕輕地這麼說：

「報仇這種事……真的好愚蠢哦。」

西茲還是保持著笑容，一面輕輕點頭一面說：

「沒錯，是很愚蠢。」

接著兩人都沉默了一會兒。

「接下來你有什麼打算？」

奇諾詢問坐在駕駛座上的西茲。

「接下來……啊？我打算先到處晃晃，等我找到想做的事情再說。總之我想先往北方走。畢竟過去一直都待在寒冷的地方。對吧，陸？」

說完便敲了一下坐在副駕駛座的狗兒。牠的名字似乎就叫做陸。

「既然西茲王子都這麼說了。」

陸如此說道。就在那一剎那，漢密斯大叫：

「不會吧！」

「狗會說話！怎麼可能？」

結果陸把心裡的怒氣表露無遺。而且用很尖酸刻薄的語氣說：

「怎樣？狗會說話礙著你了嗎？你這輛摩托車未免太踐了吧？」

「啥？你說什麼？」

「哼！身為交通工具的你若沒有人騎在上面駕駛，明明就哪裡也去不了。不服氣的話就自己來追我啊！」

陸雖然有一張可愛的臉蛋，卻對漢密斯講出這麼嗆的話。

「你、你自己還不是非得過群居的生活！而且還有先天性想當領袖症候群！如果覺得不服氣就來咬我啊！你辦得到嗎？」

漢密斯也火大了，並且加以反擊。

「你說什麼！」

「想打架嗎？」

「好了，陸！」「事情就到此為止了，漢密斯！」

西滋跟奇諾異口同聲地說道。眼看就快撲上去的陸便馬上乖乖坐好。然後恭恭敬敬的抬頭看著奇諾說道：

「我是西茲王子忠實的僕人，我叫做陸。很榮幸看到您決勝的那一戰。就結果來說，西茲王子能免於被殺，這全多虧您的幫忙。非常感謝您。」

奇諾不好意思地微笑。

「不客氣。」

然後她看著西茲問：
「牠好可愛哦，可以摸牠嗎？」
主人輕輕地把手張開，示意著「可以」。
奇諾很開心地抱住陸，並且用兩手撫摸牠蓬鬆的毛。陸也拼命地舔奇諾的嘴巴跟臉頰。
看到陸很開心地被奇諾緊緊抱住，
「哼，你這條色狗！」
漢密斯用小到幾乎聽不見地聲音碎碎唸。
奇諾撫摸陸好一會兒，突然看到從座位底下滾出某樣東西。
「……對不起。」
奇諾伸手把它撿了起來。原來是剛剛國王戴的王冠。
「喔，那個啊……因為是我爺爺的遺物，我就把它帶出來了。」
西茲小聲說道。奇諾最後再摸了陸一次，邊走向西茲邊說：
「我不知道自己是否有資格這麼說，不過……你不當國王嗎？」
「不了。」
「為什麼？」

「一個有心想殺害自己父親的人，是沒有資格當國王的。」

「是這樣嗎？」

奇諾雙手捧著王冠，然後緩緩地戴在青年頭上。青年露出淡淡憂傷的表情，並且抬頭問奇諾：

「很不配，對吧？」

奇諾看了一下，若無其事的說：

「或許吧。」

奇諾跨上漢密斯並發動了引擎。然後把扣在大衣前方的防風眼鏡戴上。

「奇諾，既然這樣，要不要一起到北方的城鎮？我知道路怎麼走喲！」

西茲從越野車的駕駛座上大聲問道。頭上還戴著那頂王冠。

「不了，謝謝你的好意。因為我還有個非去不可的地方，而且……」

「而且什麼？」

「有人交待過我，別隨便跟不認識的男人走呢！」

西茲露出覺得不可思議的表情。陸則對西茲說了些什麼。西茲剎那間感到相當訝異，並回頭跟陸三言兩語地交談起來。然後又轉過頭來看看奇諾，邊微笑邊輕輕地點點頭。

「喔，是嗎……我知道了。那我們就此分手囉。希望有緣能再跟妳見面，奇諾。還有漢密斯。」

「嗯，保重了。陸也是哦。」

「謝謝妳。」

還沒等陸回答，漢密斯就開始諷刺牠了。

「再見啦，色狗。」

「再見，破銅爛鐵。」

「哼！」

西茲跟陸則在原地目送遠去的越野車，直到看不見為止。

西茲下了越野車站在湖畔。他突然低頭往下看，水面倒映著跟那男人戴著相同王冠的年輕男子。

還沒等他判斷是否適合自己，陸已經在他腳邊喝起湖水了。西茲的影子也隨著漣漪搖擺起伏。

西茲回過頭看著越野車後方蒼鬱又廣闊的森林。隔著森林他看不見位於前方自己出生的國家。然後他看到放在駕駛座旁的刀。

不知不覺陸已經坐在西茲旁邊，必恭必敬地抬頭望著他。

「你覺得我該怎麼辦才好呢，陸？」

西茲彷彿自言自語似的詢問自己的僕人。

「無論我再怎麼努力也沒有能耐引導您啊，西茲王子。」

陸斬釘截鐵地說道。

西茲用沉穩的表情喃喃地說：

「說的也是。」

然後他又再望了一次應該位於森林後方的國家。

第五話
「大人之國」
—Natural Rights—

第五話「大人之國」
—Natural Rights—

我遇見那個名叫奇諾的旅行者，是在我仍住在我生長的國家，也就是我十一歲的時候。當時我叫什麼名字，其實我早已記不得了。

我倒是還依稀記得那好像是某種花的名字，但只要唸法稍做變化，就變成相當難聽的髒話。所以我常常因為那個名字被大家取笑。

奇諾是個又高又瘦的旅行者，他是用步行的方式來到我居住的國家。

當時守門的年輕士兵還為了該不該讓他進城而煩惱了好一陣子。可能是在跟上級取得連絡之後，又等了好一陣子才有回音的緣故。

士兵硬在他頭上灑了白色驅蟲藥之後才允許他進城。

從他等待士兵的時候，到他從我面前走過，我一直都看在眼裡。

因為已經到了太陽下山的時候，他長長的影子已經來到我的腳下，然後又跑到我身後。

腳上穿著我從沒看過的靴子。他的腳很細，連身體也很瘦。

他身穿黑色夾克，外面則罩著一件像是剛從土裡鑽出來，淨是灰塵的長大衣。行李僅有一只背在身上的破爛皮包。

他長得很高大。當時在同伴之間我身材算是最高的，但他還稍微蹲低地說：

「嗨，小妹妹。妳好。」

他臉頰削瘦，短髮蓬亂不堪。白色的藥還殘留在他頭髮上。

「我叫做奇諾，正到處旅行。妳呢？」

我覺得「奇諾」這名字既短又好叫，是個不錯的名字。至少比我這個花的名字要好得多。然後我說了自己的名字。

「這名字不錯耶。對了××××（我的名字），這條街上有沒有旅館啊？只要價錢便宜，能夠讓我洗澡就可以了。如果妳知道的話，希望妳能告訴我。我今天可累得很呢。」

「我家就是喲。」

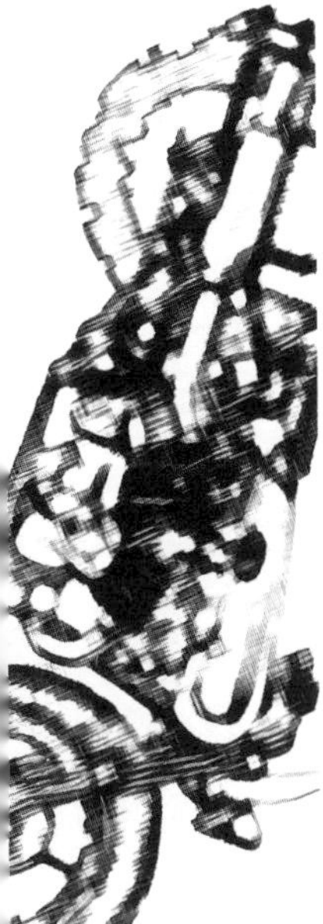

奇諾有點開心的笑了。當時我父親跟母親正在經營一家便宜的旅館。

於是我把奇諾帶回家去。

爸爸剛看到奇諾的時候，臉色非常的不悅。不久又馬上笑容滿面，並從大廳帶他到房間去。奇諾抱著偌大的行李向我道謝之後就上樓去了。

後來我回去自己的房間。房裡貼著一張大紙，上面還寫著「還剩三天」大大的紅字。

隔天我大概是睡到中午才醒來吧。

爸爸媽媽都沒來叫醒我。因為是「最後一星期」的關係吧。

房裡貼著寫了「還剩兩天」的紙。我在房裡的洗臉台嘩啦嘩啦地潑水洗臉。

因為聽到外面有聲響，我便走到後院去。

那裡是丟棄了很久以前就沒在使用的機器，宛如一座垃圾山的地方。我記得每次在那邊玩耍，垃圾山會把夕陽遮住，所以周遭很快會變得一片漆黑。

不過奇諾卻蹲在那座山的前面敲打些什麼。仔細一看，原來是輪胎。

那不是汽車用的輪胎，而是摩托車的細小輪胎。至於奇諾的面前倒是橫放著一輛摩托車。

奇諾看到我便說道：

「嗨，早安，×××××。」

奇諾的頭髮亂七八糟的。我問他：

「你在做什麼？」

「我在修摩托車喲。我拜託對方把它賣給我，但對方說那是以前的垃圾，現在派不上用場了。結果就送給我了。」

「修得好嗎？」

「可以的。」

奇諾說完之後笑了笑，不過他又接著說「但是因為損壞得相當嚴重，需要花滿久的時間修理吧。」

他把輪胎敲正了之後，便把摩托車斜放著，然後把輪胎裝了上去。

接著奇諾花了一些時間把零件又敲又拖又拉繩子等等，好不容易才把細小的零件組合成箱子。

我也站在旁邊看了好一會兒。

後來是因為肚子餓了才走回家裡獨自吃了點東西。

吃完飯之後，我又跑來找奇諾。

摩托車已經「修復」一半了。這次它已經穩穩立起來了。

「這輛摩托車跟以前曾跟我旅行的傢伙長得一模一樣。」

奇諾回頭看看我，然而邊說邊磨一根像棒子的東西。

「這要花多少時間啊？」

我不由得問道。

「這個嘛……再過一天應該就能讓這傢伙正常活動吧？」

「摩托車會活動？」

我反問語意怪異的奇諾。

「嗯——正確說的話，這傢伙憑自己是動不了的。必須有人騎在上面並跟它訂下契約。」

「什麼是訂契約啊？」

奇諾看著我，一面輕輕敲打摩托車一面說：

「這個時候指的是互相幫忙的協定。」

「要怎麼互相幫助啊？」

「那個啊，就是我自己並無法跑得像摩托車那麼快。」

我點了點頭表示贊同，因為他太瘦了嘛。

「摩托車雖然能快速奔馳，不過沒有人騎在上面幫忙平衡是會翻倒的。」

「嗯。」

「因此只要我騎上摩托車就能輕鬆地取得平衡。也就是我負責平衡，摩托車負責跑。這樣旅行就能變得更愉快了。」

「原來如此，這就是互相幫忙的契約啊！」

「沒錯，所以等這傢伙醒了之後就得問他『接下來怎麼樣？』。」

「摩托車會說話嗎？」

「當然會囉。」

說完這句話，他還眨了一下眼。

我回屋裡泡了杯茶並拿來給奇諾。他喝了一口後說很好喝。喝了一半以上之後，問了我一個問題。

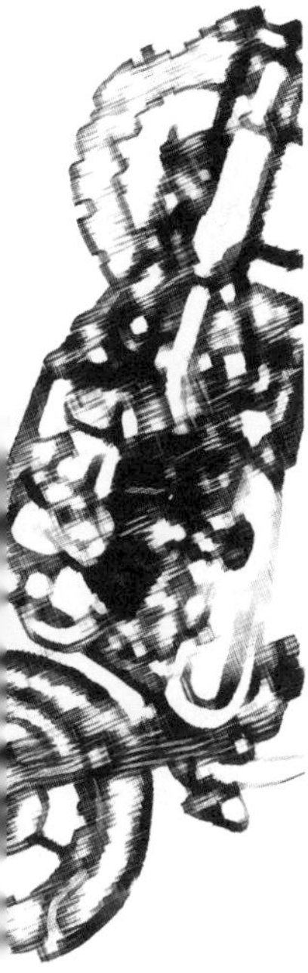

「要不要趁現在跟我一起想這傢伙的名字？妳覺得取什麼名字好？」
「奇諾以前的朋友叫什麼名字？」
「叫做『漢密斯』。」
「那就取這個名字吧。」
「是嗎？那麼，就這麼決定吧！」
說完，奇諾開心地笑了起來。我想當時看著他的我應該也有跟著一起笑才對。
然後奇諾又繼續「修理」摩托車。我也一直站在後面看他修理。
看了一陣子之後，我問道：
「奇諾你是在做什麼的啊？」
「什麼做什麼的啊？」
奇諾並沒有回頭，他一邊拼命動手一邊回答。
「你不是大人嗎？」
「這個嘛……是比妳大啦。」
「大人不是都要工作？」
我覺得奇諾有稍微停一下手。不過他當時的心情，我到現在才充分瞭解。

「沒錯……的確是那樣。」
「那麼，你是做什麼工作啊？」
「這個嘛……如果硬要說的話，應該是『旅行』吧？」
奇諾如此回答。
「你所謂的旅行是到各個地方嗎？」
「對，沒錯。」
「有遇過不愉快的事嗎？」
「偶爾啦，不過快樂的事應該佔壓倒性的多吧。」
「這樣的話，那就不算是工作喲。」
聽我說完這句話，奇諾停下手並回過頭來看我。
「因為工作是很痛苦的事，做起來一點也不快樂喲。不過為了求生存又非做不可。既然旅行會遇到快樂的事，那就不算是工作喲。」

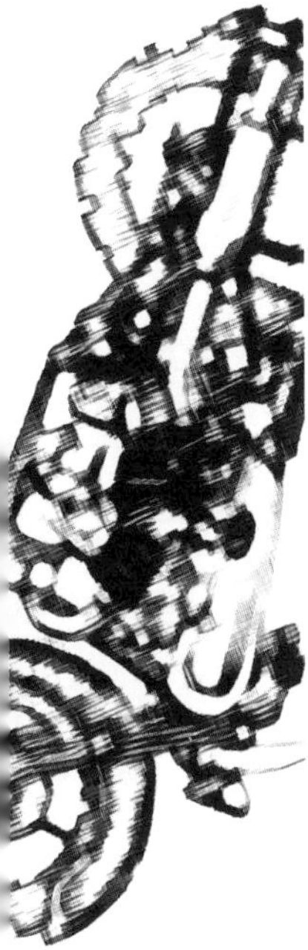

「是這樣啊……」

奇諾歪著頭自言自語地說道。

「所以我明天……應該是後天！後天就要動手術喲！」

「動什麼手術？」

「那是為了當大人的手術喲。所以這是我的『最後一星期』呢。」

聽到我這麼說，奇諾便問我那到底是什麼意思？如果方便的話是否能告訴他？

這時我才發現原來奇諾不曉得「最後一星期」是什麼。不過仔細想想，那也難怪。畢竟奇諾並不是生長在這個國家的人啊！

我覺得要跟他解釋的話，可能會花很長的時間。不過奇諾卻堅持要聽。

「那我開始說囉！」

在我們國家……不，應該說在我當時住的國家，十二歲以上算是大人，在那以下則是小孩子。而所謂的大人，指的是要工作的人。

大人總是這麼對小孩說：

「你們小孩可以想怎麼樣就怎麼樣，就算真的那樣也沒關係。可是當了大人就完全不能允許如此任性行動了。因為大人必須工作。工作是賴以為生的必要事項，也是人生最重要的事情。只要是工作，即使是自己多麼不想做的行動或認為是錯誤的事情，也都必須貫徹到底。這是最重要的。」

我又繼續說：

「不過你們放心，只要一到十二歲，大人就會幫你們動手術的。我們會切開你們的頭，把在裡面的小孩子部份取出來。只要接受過這項手術，你們就會在一夜之間完全變成大人的。然後，就會變得連不願意的事都能完美地做好。所以你們不必擔心，大家都會變成很幹練又出色的大人。到時候爸爸媽媽也能從此安心了。」

而對於即將接受手術的孩子來說，十二歲生日的前一個禮拜就稱之為「最後一星期」。這國家的人都不能跟那個小孩說話。這是自古以來的規定。而那個小孩也不會受到任何人的干涉，為的是讓他孤獨渡過這最後一星期當小孩子的生活。

從沒有人願意告訴我為什麼要那麼做。

聽完我笨拙的解釋之後，奇諾說道：

「原來如此，不過這種做法相當不講理耶。」

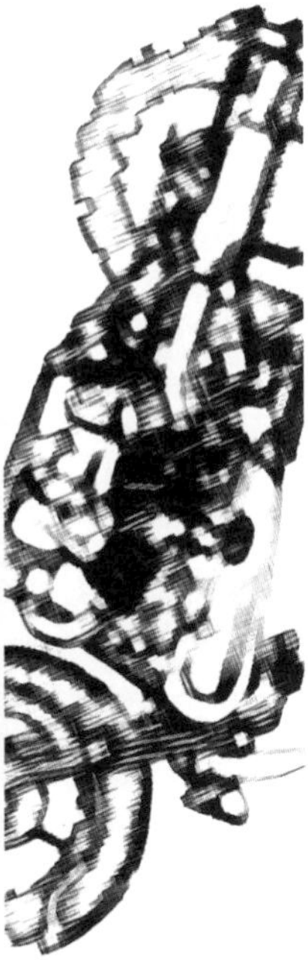

「咦？怎麼會不講理？無論什麼樣的小孩，只要接受手術就能成為頂天立地的大人喲！」
我如此問道。因為當時我真的很質疑他怎麼會這麼認為。而且我覺得「要是沒有經過手術，成為頂天立地的大人，那將來會變成怎樣？」
「我不懂何謂『頂天立地的大人』，會做討厭的事就是『頂天立地的大人』嗎？要是討厭的事情不斷延續，人生會快樂嗎？而且還是強迫用手術的方式……我真的是不明白耶。」
聽到奇諾這麼說，我便試著問他：
「剛剛奇諾說你比我大對吧？那你是大人嗎？」
「不是，我所謂的大人的定義，可能跟你們完全不同。」
「那你是小孩嗎？」
「不是，我所認定的小孩的定義，應該也跟你們不一樣。」
既不是大人也不是小孩？感到莫名其妙的我又問了。
「那麼，奇諾到底是什麼？」
結果奇諾如此回答：
「我嗎？我是『奇諾』，一個叫奇諾的男人。應該就是這樣吧？然後我到處旅行。」
「喜歡的事情是什麼？」

「這個嘛……我喜歡旅行，所以才出來旅行。當然只靠旅行是活不下去的，因此我還順便販賣旅途中發現的藥草或珍奇的物品喲！那或許也可以算是我的工作。不過基本上來說，我只是想旅行，想做自己喜歡的事。」

「做自己喜歡的事……」

當時我突然好羨慕奇諾。

在這之前，我一直認為小孩子必須動手術才能成為頂天立地的大人。什麼喜惡的情感，不過是小孩子的舉動罷了。

而我將不再有那樣的舉動了。

「那妳最喜歡的事是什麼呢？」

奇諾如此問我，我馬上回答他：

「唱歌！」

而奇諾微笑著說：

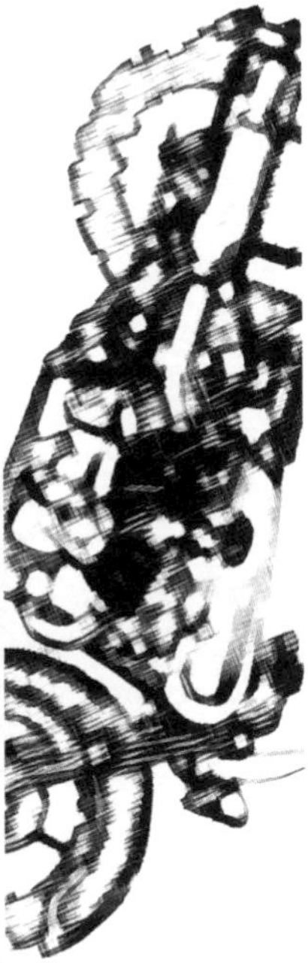

「我也喜歡唱歌，我常常在旅途中唱歌呢。」

說著說著，奇諾開始唱起歌來。

那是首節奏很快的歌，連歌詞都聽不太清楚，不過他唱得很難聽。唱完之後奇諾對我說：

「很難聽吧？」

「嗯，難聽到不行。」

我斬釘截鐵地說道。奇諾咯咯地笑著說：

「雖然我唱得一點都不好聽，不過唱歌的時候心情卻很愉快。」

那種心情我很能瞭解。因為我也有過自己唱歌的經驗。當時除了我自己以外，根本就沒半個人肯聽我唱歌。

我唱了自己最喜歡的歌。那是一首快節奏又流暢的歌。這首歌我至今還朗朗上口。

當我唱完了整首歌，奇諾突然鼓起掌來。

「好好聽哦！真讓我大吃一驚！我聽過這麼多人唱歌，妳算是唱得最好的。」

我很不好意思地跟他說聲謝謝。

「既然妳喜歡唱歌，而且又唱得這麼好，何不當一名歌手呢？」

奇諾這麼對我說，不過我告訴他：

「我是當不了歌手的喲！」

「為什麼？」

「因為我爸爸媽媽都不是歌手啊！」

「…………」

「大人不就是要讓小孩繼承事業才生下他們的嗎？這是從古至今的規定喲。」

在那個國家，小孩繼承父母親的職業是天經地義的事。應該說是義務吧？

奇諾說：

「原來如此……這跟國有國法，家有家規的道理是一樣的。」

奇諾一臉遺憾地喃喃自語，然後又集中精神「修理」摩托車了。

而我則回到屋裡。

那晚上了床之後，我想了很多。

過去我一直認為接受手術變成大人是最棒不過的事。但是正如奇諾說的，不做自己喜歡的事物，面對討厭的事物也不能說出來，而且終其一生都得如此，這未免太不自然了吧。

我開始去思考他說的話。

最後也贊成他的想法。

我心想，雖然我不想當一輩子的小孩，但如果當了大人也希望能做自己想做的事。而不是當個被迫跟他人一樣的大人，即使速度或名次不及人家，也要用自己能接受的方法，變成自己能夠接受的大人。工作的話，我希望能選擇自己擅長的，喜歡的……如果都能兼得是再好不過了。

隔天早上。

我一醒來，房裡就貼了「最後一天」。

我走到一樓去找爸媽。雖然明文禁止他們不能跟我講話，但如果是我主動跟他們講話就無所謂。

我想起昨天所想的那些事，

「爸爸媽媽，我不想接受變成大人的手術耶。除此之外沒有變成大人的方法嗎？沒有其他方法讓我保持現在的自我，並成為大人嗎？」

我淡淡地這麼說。

然而這句話卻大大地改變了我的命運。還有……奇諾的命運。

當我父母聽到這句話的瞬間，竟然露出像做了惡夢似的表情。然後爸爸他突然大發脾氣。

「混帳東西！妳在胡說些什麼！說這種話會遭天譴的！難、難道妳、妳、妳瞧不起讓大家成為頂天立地大人的手術？妳瞧不起大人是嗎？還是說妳不想當大人，想一輩子當個小鬼頭就好？」

彷彿主旋律改用其他樂器彈奏似的，媽媽用連珠砲似的口氣繼續說道：

「快向大家道歉！××××（我的名字）！快道歉！向爸爸！向大家！以及全國的大人說聲對不起！說妳不該有那麼愚蠢的想法！說妳剛剛講的話是不對的！說妳永遠不會那麼說了！現在馬上道歉！」

現在回想起來，那兩個人當時還真是歇斯底里。

他們完全沒想到那只是小孩的玩笑話，因為對他們來說，那是非常重要的事情。而且他們堅信，從以前到現在大家都沒有反抗被迫去做的事情，是多麼了不起的事。我想或許那是一種維持內心平穩的防衛手段吧？

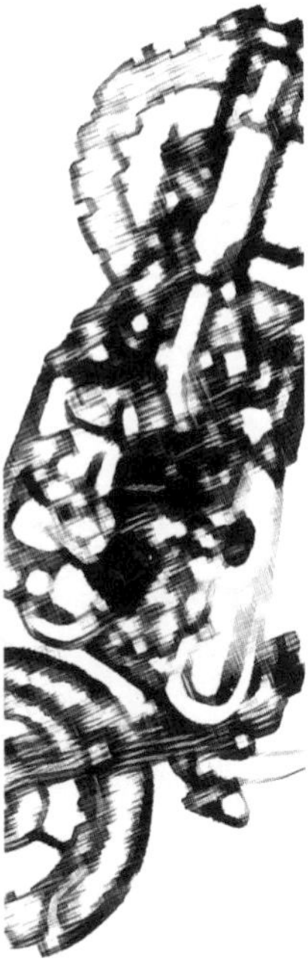

但那卻不是還沒動過手術的我所能確定的事。

「為什麼妳會突然講這種話？是誰灌輸妳那種不正常的觀念？」

爸爸發瘋似的大叫。

其實那個時候我被所有的事物嚇得目瞪口呆，根本就答不出話。但是如果用大人冷靜的思考模式來推斷的話，應該馬上就能知道是旅行者奇諾才對。

聽到騷動之後，附近的大人們開始聚集過來。

「怎麼了？」

「發生什麼事？」

「幹嘛大呼小叫的？」

大人們責怪說大人是不能有那種行為的。可是父親卻這麼說：

「真是抱歉！其實是我這個笨女兒說出明天不想動手術的可怕言詞……」

話剛說完，

「什麼？太愚蠢了！那要怪你的教育方式不對！都要怪你！」

「沒錯！說什麼沒動過手術就想變成大人，那根本就是邪魔歪道！」

「妳把偉大的手術當成什麼了？即使妳是小孩，我們也不會饒恕妳的！」

大家就像哪邊不對勁似的開始大叫。

「對、對不起。這全都要怪我教導無方……」

爸媽一面向周遭的人們如此道歉，一面瞪著我說：

「都怪妳講這種蠢話，害我丟了這麼大的臉！……啊！是那個骯髒的旅行者教妳的吧！一定是他灌輸妳這種愚蠢的想法！」

好不容易才想到這件事的爸爸便拉著我到處找奇諾。

奇諾人在玄關外頭。在他旁邊的是閃閃發亮，就像是剛買沒多久的摩托車。前天它還像一堆破銅爛鐵的說。而奇諾的大行李則綁在後方的座位，並隨著規律的引擎聲一起搖晃。後面的輪胎並沒有接觸地面，不斷地轉呀轉。駕駛座上則掛著奇諾剛進城時穿的茶色大衣。它倒是變乾淨多了。

爸爸對著他大吼。

「喂！站在那裡的骯髒旅行者！」

奇諾理所當然似的不予理會。這下子爸爸抓狂了，嘴裡大叫著根本聽不懂的話。就像隻瘋狗亂吠似

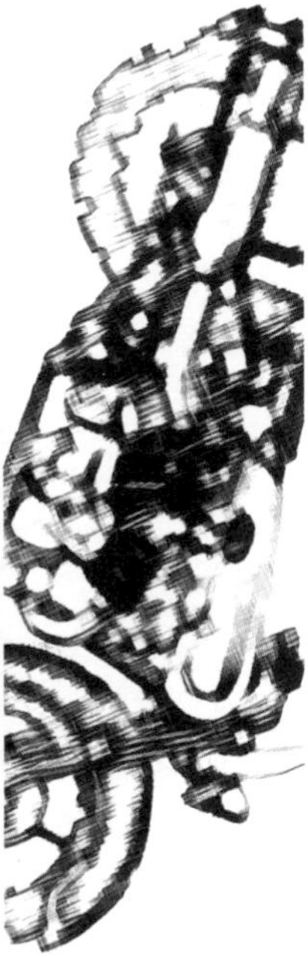

的。

奇諾看看我並小聲地說：

「這就是手術的結果？看來還是不要手術的好。」

然後對我眨了一下眼。我忍不住笑了出來。然後讓自己的腦子冷靜下來。

「就是你！就是你啦！」

爸爸指著奇諾，氣到嘴角冒泡地大聲嚷嚷。奇諾終於轉頭看著爸爸，並問他有什麼事。

「什麼叫有什麼事！馬上給我跪下來！然後……向我跟我太太，以及全國的人民謝……謝罪！」

「謝罪？謝什麼罪？」

奇諾用冷靜的語氣反問。接著爸爸他又莫名其妙的大吼大叫。他滿臉通紅，而且身體氣得直發抖。

我終於見識到了何謂「頂天立地的大人」。

其實他現在這個模樣，跟我為了芝麻小事和朋友吵架而哇哇大哭的時候沒什麼兩樣。

當爸爸正準備扯開嗓子大叫，甚至怒吼的時候……

「好了，暫時先到此為止。」

某人叫住了爸爸。那是了不起的人。

當時的我不太懂一些難記的職稱。總之他是了不起的人。他是其中一名在不知不覺中平息大人們不安情緒的人。了不起的人對奇諾說道：

「旅行者，無論哪個國家或哪個家庭，都有他們自己的規定。這你應該了解吧？」

奇諾答道：

「嗯，這我知道。」

「因此這個國家也有它的規定，而那不是你所能左右的。我這麼說沒錯吧？」

聽到了不起的人這麼說，奇諾聳聳肩說：

「嗯，是沒錯啦。」

然後他稍微望了一下四周，

「我想我差不多該出發了，否則再繼續待下去很可能會被殺呢！」

他語帶諷刺的如此說道。

「需要辦理出境手續嗎？」

了不起的人說沒那個必要。

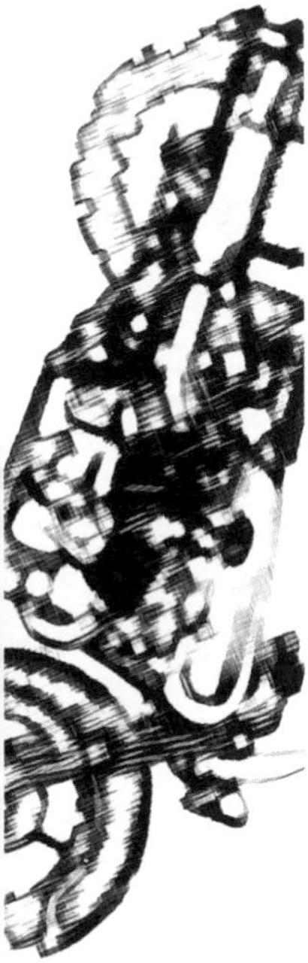

「從這裡往前直走，有一道大開的門，你可以從那裡離開。不過你不必擔心會被殺。畢竟你是經過正式手續入境的，在踏出國門之前，你的人身安全是受到保障的。因為這裡是大人之國。」

他指著摩托車前方延展的道路說道。

接著奇諾走向我並半蹲看著我臉說：

「再見了，××××。」

「你要走了嗎？」

我問他可不可以多留個兩三天再走。我想知道如果我動了手術之後，將會用什麼態度跟奇諾說話。我希望能以大人的身份跟他聊聊天。

可是奇諾卻說：

「我在一個國家只待三天，這是我給自己訂的規定。況且這個天數就能大致瞭解我所在的國家。要是待太久的話就無法跑更多國家了……所以我必須就此跟妳道別，保重哦！」

我輕輕揮手向奇諾道別，他跨上了摩托車。就在那個時候，爸爸拿著一把細長的菜刀朝著我走過來，媽媽就跟在他旁邊。奇諾回頭看這是怎麼回事。

爸爸看著了不起的人，他點頭示了一下意。

此時的我完全不曉得眼前的爸爸為什麼要當眾拿著菜刀。而且他的模樣也極為滑稽。

奇諾詢問了不起的人。

「那個人為什麼要拿菜刀？」

了不起的人用他一成不變的語氣，毫不在乎地說：

「我就特別告訴你吧！這是為了要處置那個女孩。」

奇諾的臉色突然大變。但是我還處於莫名其妙的狀況，不過我聽到了奇諾的驚叫聲。

「你說什麼？」

「那女孩將會被處死。因為她拒絕接受偉大的手術，還頂撞居於上位的父母。我們絕不能對那種孩子放任不管。無論時間如何改變，孩子都是屬於父母的。既然孩子是父母親創造的，那他們就有權利處置失敗的作品。」

聽到了不起的人那麼說，我好不容易才發現自己即將被殺。雖然我不想死，但面對目前的狀況我又束手無策。當我抬頭看爸爸，只見他用鄙視的眼光看著我，然後……

「妳這個廢物……」

他如此喃喃地說。
「旅行者，這裡很危險，請退到一旁吧！」
正當了不起的人說完話的那一瞬間，爸爸舉起菜刀直往我這兒衝過來。看到閃著銀色光芒的菜刀，我心裡還覺得它好美呢！
接著我看到奇諾從旁邊撲過來想制止爸爸。
對當時的我來說，眼前的景象早已變成用慢動作播放的無聲世界。我也知道菜刀刺過來的速度比奇諾撲向父親的速度還快。
「謝謝你奇諾，不過已經來不及了。」
世界仍然在一片沉寂的情況下運作著。爸爸把原本只差一點就能刺到我的菜刀隨著身體往左傾，刀尖從直立變成橫切。而菜刀則刺中撲上來毆打爸爸的奇諾胸部，而且整個刺穿。
「嘎！」
聲音突然又回來了，我聽到奇諾發出不正常的聲音。奇諾緊抱著爸爸不放，我看到菜刀的尖端從奇諾的背後刺出來。
後來我聽到「咚」的一聲，只見奇諾身上插著菜刀倒在地上動也不動。這時候我才明白奇諾已經死掉了。

腦子一片空白的我往後退了幾步，我的背碰到了摩托車。

安靜一會兒之後，我聽到爸爸的笑聲。

「嘿嘿！」

接著爸爸這麼說：

「糟糕！因為這個人撲過來，讓原本該刺中小鬼的菜刀反而刺到他了。這種情況，大家覺得該怎麼解釋才好呢？」

我知道爸爸這時候是在想辦法自圓其說。其他在場的大人們應該也是。

此時了不起的人說話了。

「嗯——是旅行者突然撲過來才會發生這種事。畢竟你原本不是想殺他，因此這是場意外。是非常不幸的意外。你沒有罪。你們說對不對呢？」

周遭的大人們此起彼落的說「沒錯」或「讓我們為他的不幸致上最大的哀悼吧」等等。至於爸爸，

「我、我想也是！」

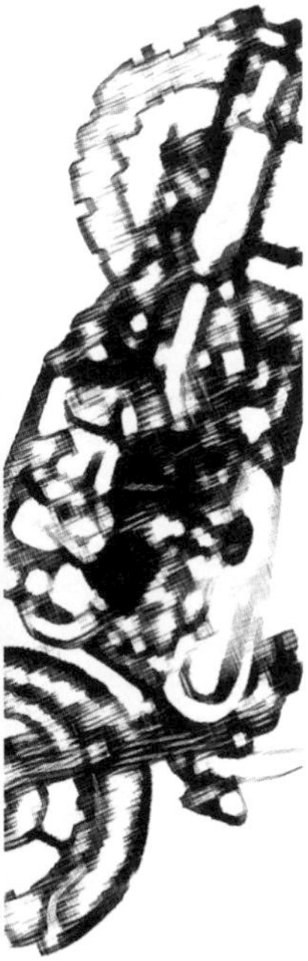

則非常開心的如此說道。

這時候的我反而覺得就算馬上被殺也不想動手術。而且還很開心死的時候並沒有當什麼「頂天立地的大人」。

而眼前的爸爸正努力想把插在奇諾……不，是插在奇諾屍體上的菜刀拔出來。但因為怎麼樣都拔不出來，所以媽媽也湊過去幫他的忙。刀柄沾了血之後濕濕滑滑的，所以他們在上面纏好布再慢慢「滋！滋！滋！」地拔。

現在仔細想想我才發現那段時間是奇諾送給我的最後一份禮物。

當爸爸媽媽努力拔菜刀的時候，從我身後突然傳來一個微小的聲音。聽起來像是比我年紀還小的男生。

「妳有騎過腳踏車嗎？」

我小聲的回答說：

「有啊！」

這次我聽到他是這麼問我。

「待在這裡妳會沒命對吧？」

我回答說：

「嗯，不過應該是說與其要活著接受手術，倒不如讓我死了算了。」

滋！滋！滋！滋！滋！

菜刀已經拔出一半了。

「嗯……妳想死嗎？」

聽到這個問題，我老實的說：

「如果可以的話，我並不想死。」

「那麼，」

那微小的聲音說道。

「就是第三個選擇了。」

「你在講什麼啊？」

滋！滋！

菜刀幾乎拔出來了。我依舊保持沉著，不過那微小的聲音卻突然跟我講一些很複雜的事情。

「妳先跳上後面那輛摩托車的座位。兩手緊握著車頭。然後一面往前轉動右邊的把手，一面把重心往前挪。再來只要把它當做是有點快又重的腳踏車就行了！」

滋啪！

菜刀從屍體裡拔出來，父親跟母親一起把他翻了過來。而周遭的大人則情緒高漲，還咯咯笑個不停。剎那間鮮血像噴泉似地噴出，不過高度馬上就降了下來。

「如果那麼做，會怎麼樣？」

我大聲的詢問那個微小的聲音。而周圍的大人則用奇怪的表情看著我。爸爸用沾染血的手緊握著全是血的菜刀，並笑嘻嘻的看著我。爸爸當時的模樣雖然很可怕，但我一點也不害怕。因為我跟他們不一樣。

「當然是逃走囉！」

那微小的聲音聽起來變得很大聲。於是我轉身跨上摩托車的座位。我稍微瞄到爸爸已經朝我這邊飛奔過來。

接著我照它說的轉動右邊的車把手，把重心往前傾。

摩托車「喀」的一聲落在地面。同時引擎也「噗哇哇！」地轟然作響，我整個人也因為後座力而向後倒去。然後我便緊抓著方向盤好讓自己不要摔下車。

原本在我前面的大人，轉眼間全被抛在後方。

此時我才發現自己正騎著摩托車前進。我就當做是在凹凸不平的路上騎腳踏車一樣，輕輕的把重心往方向盤傾。因為其實是平坦的道路，所以速度越來越快。感覺好不可思議，不過我很快就習慣了。

「妳騎得很好嘛！繼續保持下去！」

那聲音如此對我說。

「妳把雙腿夾緊油箱。這樣騎起來會比較安穩些。接下來再照我的指示排檔就行了。」

於是我便照它的指示做動作。突然間打在我臉上的風越變越強，害我眼睛被刺激的流眼淚。我看到眼前有一道門，而且感覺它越來越大。當我聽到「咻」的一聲時，門已經從我的頭上越過。

門外則有一條茶色又筆直的道路穿過草原。這是我生平第一次離開國家。

不過我卻只能一邊想著如何不讓自己摔車一邊不斷的前進。

風雖然打得我眼睛很痛，但我很快就不在意了。

我一邊流著眼淚，一邊騎車奔馳。

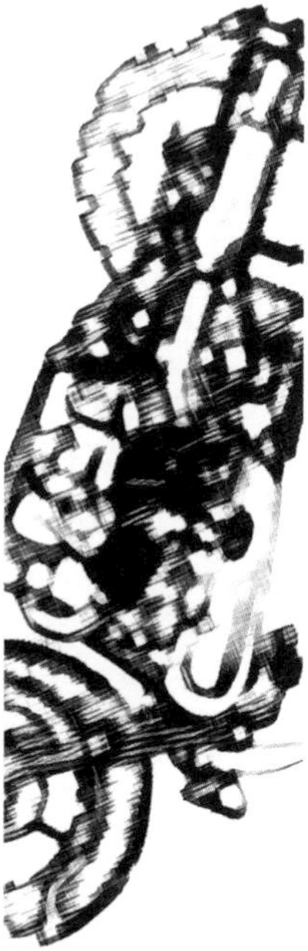

不曉得經過了多少時間。

「喂，到這裡應該不要緊了吧？」

那聲音突然這麼跟我說，把我拉回到現實世界來。

「接下來照我說的去做。」

我便照它的指示拼命用左手握住把手，右腳再做動作，這才讓摩托車漸漸減慢速度。等它快要停下來的時候，我再把腳往旁邊跨出去。

如果是腳踏車，只要腳指頭輕輕抵住地面就行的說。可是這時候腳尖卻明顯感受到一股重量，正當我趕到驚訝的時候，身體就已經整個往左傾了。

「嗚哇！」

我聽到這樣的叫聲。左手被車把手拖過去，我整個人也倒在地面上。同時我還聽到「嘎鏘！」的聲音。

「太狠了吧，究竟是誰做出這麼過份的事啊？」

我一面仰望天空，一面聽著耳邊響起的滑稽聲音。天空萬里無雲，只見一片湛藍。

我爬了起來，環顧四周。我正佇立在一片開滿紅花的草原中央。

那地方實在太遼闊了，雖然看得到碾碎花朵的車胎痕跡，卻再也看不到我出生的國家。

「奇諾……」

我輕輕地唸道。奇諾胸口被菜刀貫穿，仰躺在地上的最後模樣，突然浮現在我眼前，然後消失。

不可思議的是，我一點也不感到悲傷。

淚也沒流一滴。可能是我整個人的情緒在剛剛已經全部掏空的關係吧。

我既不覺得心痛，也不覺得高興。只是呆呆地杵在原地不動。

「喂！」

我聽到有聲音從我腳底發出。仔細一看，摩托車正倒在地上。

「妳不覺得很過份嗎？」

「什麼？」

「如果可以的話，能否請妳馬上把我抬起來呢？」

那時候我才第一次發現，之前聽到的聲音是來自這輛摩托車。

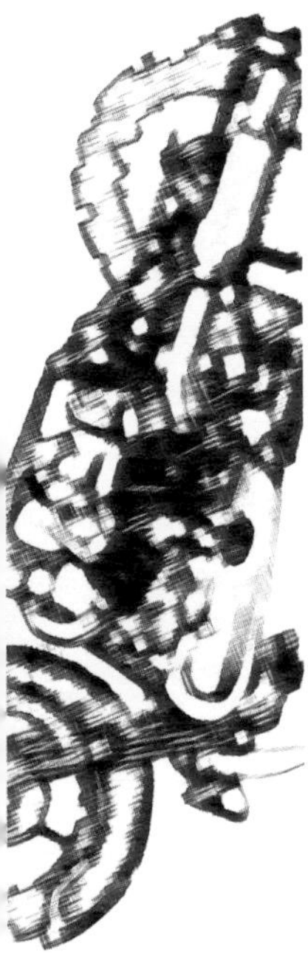

「喔~原來是你啊！」
聽到我這麼說，摩托車用有點生氣的聲音說：
「喔什麼喔，當然是我啊！不然妳以為是誰？」
「說的也是，對不起啦！」
「不用道歉啦，妳只要把我抬起來就可以了。」
摩托車突然以撒嬌的聲音說道，那還真是有趣。
於是我便照摩托車說的話去做。我蹲下來把座椅貼在胸口，然後一鼓作氣的把它抬起來。
這時候有幾朵紅花的花瓣散落下來。
然後我把腳放在後輪附近的突出物上面，像是把摩托車拉上來似的同時把腳往下踏。於是摩托車喀的一聲稍微往後移動，現在就算我放開手也不會倒下了。
「謝謝。」
摩托車向我道謝。
「不客氣。」
我也馬上回話。
「剛才真是好險呢！」

我一下子還沒聽懂摩托車是在講什麼。但是沒多久我就想起剛剛那把閃閃發光的菜刀了。只是那讓我感覺很像是好幾年前的記憶。

「嗯……謝謝你救了我一命。」

我話一說完，摩托車便說：

「彼此彼此啦。要是繼續留在那裡，不知道會被怎麼樣呢。所以也多虧奇諾妳駕駛我。」

聽到它這麼說，「互相幫忙的契約」這句話突然閃過我腦海。但之後我又突然想到它剛剛好像叫了我什麼名字。

「喂，你剛剛叫我什麼？」

「嗯？就奇諾囉！」

「為什麼？」

「剛剛在問妳名字的時候，妳是那麼說的。難道不對嗎？」

「我是……」

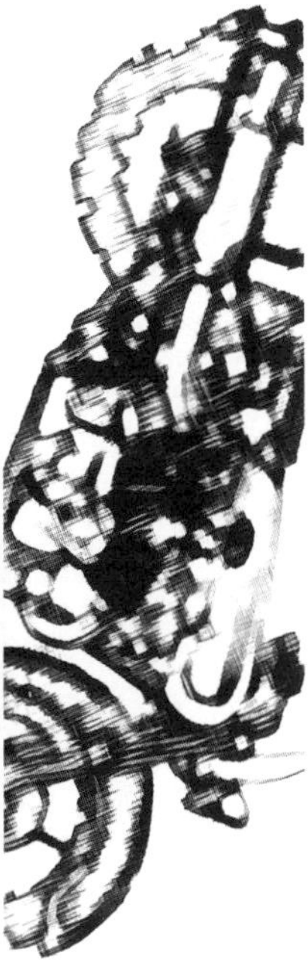

我本來想說出自己的名字，卻突然覺得那不適合現在的自己。當初在那個國家無憂無慮，開心生活的我。堅信到了十二歲就得接受手術，變成「頂天立地」的我。

現在那個我，已經再也不存在於這個世上了。

所以我一面踩著紅花，一面走近摩托車說：

「我是……奇諾。是奇諾沒錯。這名字很棒吧？」

「嗯，我很喜歡喲。對了，那我的名字呢？叫做什麼啊？」

摩托車如此問我，我想起昨天我們兩人決定的名字。

「你叫漢密斯喲，漢密斯。是奇諾以前朋友的名字哦！」

「嗯～我叫漢密斯啊？這名字也不壞呢。」

漢密斯這麼說，隨後嘴巴還一直唸唸有詞地說「漢密斯……我叫漢密斯啊？」。看來它似乎滿喜歡這個名字。然後它又問我：

「那麼，接下來該怎麼辦？」

我們就站在紅色海洋的正中央。

我不曉得該怎麼回答它才好。

後來我們因為想就先到附近的國家去，但卻在深邃的森林裡迷了路。不過在那裡偶遇到的老人卻教了我許多事。當時若沒有遇到她，或許就沒有今天的我了。我真的不曉得該用什麼言詞來表達我內心的感謝。

不過那又是另一個故事了。

第六話
「和平之國」
—Mother's Love—

第六話「和平之國」
—Mother's Love—

一輛摩托車正在荒野裡的道路上奔馳。

從道路的右側望去有兩座山，左側遠遠可見一座沒長半棵樹的山。因為路的顏色跟旁邊土地的顏色同樣是茶色，要不是到處立了作為路標的大鐵筒，還真分不出哪邊是道路哪邊是荒野呢。

摩托車以相當快的速度在這凹凸不平的路上行駛。後方則瀰漫著長長的塵土。要是摩托車騎士往後看，恐怕還看不到之前走過的地方吧。

摩托車後方的貨物架上滿載著行李。包包跟睡袋以鬆緊帶及網子固定，還有個銀色的杯子懸掛在網子下方搖晃著。

那位騎士穿著跟大地一樣顏色的大衣。過長的衣擺纏在兩腿上。頭上戴的是類似飛行帽的帽子。前面有個小帽沿，附在兩邊的耳罩則放下來綁下巴。她戴著斑駁不堪的銀框防風眼鏡，為了擋灰塵還在臉上纏了方巾。雖然看不見她的表情，但可以確定是個相當瘦的人。

那名騎士似乎發現到什麼東西，於是慢慢的減緩摩托車的速度。她確定揚起的塵土變少了，便把摩托車停了下來，仔細看看堆滿道路兩旁的物體。

「那是什麼？」

摩托車問道。

「怎麼看都像是人類的屍體吧？」

騎士答道。

她們看到雜亂的茶色物體，乍看之下像是一堆枯木。不過仔細看卻淨是伸直的手腳或圓滾滾的頭顱。有許多身體已經四分五裂，甚至還有只剩下手臂或一大堆下半身並列在一起的。那些屍骸全都因為氣候乾燥而乾巴巴的，變成木乃伊而散落在這片荒野當中。由於大大小小的屍骸實在太多了，有些地面已經被掩蓋而看不見了。

「我當然知道，奇諾。我的意思是，為什麼在這種地方會有這麼多的木乃伊躺著呢？太不可思議了。」

「這我就不知道了，漢密斯。會不會這裡是墓園呢？」

摩托車口中名為奇諾的騎士，態度粗魯地回答。

結果叫做漢密斯的摩托車說「喔～我知道了」，然後以完全了解這是怎麼回事的口氣接著說：

「如果是墓園，一般都會埋在土裡不是嗎？我想這裡一定是糧倉。」

「糧倉？」

「沒錯，這是為了讓肉類乾燥，以便保存。等肚子餓的時候再來這裡拿肉去吃。當然是我們即將前往的國家的百姓會來拿囉。就跟妳包包裡的牛肉乾一樣。」

「……牛肉乾？」

「沒錯，就是那個。」

說完，漢密斯沉默了一會兒。

然後又繼續說：

「因此可憐的奇諾將會被抓起來吃掉！不過那是當然的嘛，不論是誰都喜歡吃年輕又有彈性的肉嘛！雖然妳的筋韌了一點，不過燉久一點的話，奇諾妳還是能夠下口的。」

「…………………」

「然後旅行到此結束。啊～我好想多跑一些路的說！」

漢密斯話一說完，過沒多久奇諾開口說話了。

「漢密斯，你是不是覺得很～無聊？」

「……嗯。」

「既然這樣就稍微忍耐一點，下一個國家應該就快到了。」

奇諾邊說邊讓漢密斯前進。而道路兩旁還是不斷看得到屍體。

「什麼稍微忍耐一點？都已經中午了耶！」

當漢密斯發牢騷的時候，她們終於看到那國家的城牆。繼續往前走，高聳的城牆上有個洞，而她們則來到了寫著「歡迎來到維爾典魯瓦」的門前。

「歡迎來到維爾典魯瓦。兩位是敝國睽違許久的客人。」

話一說完，負責看門的士兵微笑地向她們敬禮。

「我叫奇諾，這是我的伙伴漢密斯。請允許我們入境觀光及休息。」

說完這些話，奇諾便把護照拿給他。士兵雙手接過來之後便送進審查機器。許可很快就出來了。然後他又雙手遞交給奇諾。

「沒有問題，妳想停留幾天呢？」

奇諾回答三天，並說後天將出發離境。但是士兵卻告訴她們可以多留幾天，並在文件上寫了些什麼。士兵問：

「妳有攜帶說服者或什麼武器嗎？」

「有的。」

奇諾把大衣脫下掛在漢密斯上面。她大衣裡面還穿著黑色夾克，衣領是立起來的。腰際則繫著寬皮帶，上面懸掛了好幾個小腰包。

奇諾從吊在右腿的槍袋拔出一把掌中說服者並放在桌上。左手再繞到腰後拔出另一把。士兵的眼睛整個亮了起來。

「真是太叫人吃驚了，奇諾小姐。想不到妳帶了這麼棒的武器。」

士兵一面佩服，一面看著桌上那兩把說服者。

奇諾最先拿出來的是彈頭跟液體火藥得各別裝填的單手操作式左輪手槍。仔細一看，它是處於隨時能夠擊發的狀態。奇諾稱它為「卡農」。另一把是使用細長的二二LR彈．單發自動式說服者。看得出來每一把都經常被使用。上面毫無髒污，也有確實保養上油。

士兵不由得問她：

「奇諾妳該不會具有說服者的段位吧？」

「四段，是黑帶喲！」

回答的不是奇諾，而是漢密斯搶在她答話之前說的。

「天哪……真叫人敬佩。既然妳有段位，那大可以直接把它們帶著沒關係。不過這個國家很安全，它們是絕對派不上用場的。先撇開那個不談，我們誠心歡迎兩位的入境。奇諾與漢密斯，歡迎來到本國。這個是地圖，請拿去參考吧。」

奇諾道完謝之後就把說服者插進槍袋裡，並收下地圖。士兵向她敬完禮之後，她就推著漢密斯往前走，城門也嘎啦嘎啦的打開。

一走進城裡，奇諾就被人群團團包圍，她突然畏縮了一下。男女老幼看到奇諾跟漢密斯便笑容滿面

叫著說「歡迎妳們來！」、「非常歡迎！」。其中還有人彈奏樂器。甚至還有人隨著音樂起舞。

漢密斯用只有奇諾聽見的聲音小聲的說：

「天哪，妳果然會被吃掉。他們看起來一副飢腸轆轆的樣子。」

之後奇諾便詢問這群熱情歡迎她們的居民是否有價錢不高，有地方停放漢密斯，又附有浴室的旅館。結果大家你一言我一語的，說什麼南邊那家旅館不錯，有附帶浴室喔。然後有人說不行，那家太貴了，條件比不上這一家什麼的，著實讓奇諾她們等了好一陣子。

最後贏了辯論的人帶她們去的飯店就在標示為歷史博物館的古老建築旁邊，而且還完全符合奇諾的條件。奇諾拒絕了飯店的好意，在入口就把大衣跟行李的灰塵拍掉，用地下水把漢密斯清洗乾淨。雖然漢密斯說「奇諾那正好，順便幫我把火星塞換掉吧」，不過她沒理會。

之後奇諾在房間裡沖過澡並換上乾淨的內衣褲。飯店餐廳還推出她從未見過的魚類，非常的好吃。

「聽說妳是今天剛來的旅行者？去過歷史博物館了嗎？」

「妳應該走一趟歷史博物館喲。去那裡的話，只需半天的時間就能瞭解這國家所有的一切哦！」

「那裡的館長非常親切，她會告訴妳許多歷史。」

一身夾克打扮的奇諾跟卸下全部行李的漢密斯簡單的逛了一下市街。然後遇到的人都推薦她們去參觀歷史博物館。只要開口問有什麼好玩的地方，對方一定說「歷史博物館」。

在沒得選的情況下，她們決定去一趟那裡。

當她們走過飯店前面，飯店職員又跟她們說歷史博物館可以學到很多東西，一定要親自走一趟。當奇諾說她們現在正要去，那名職員馬上折回櫃台拿折價券給她們。

歷史博物館是一間運用許多拱形組合而成，富有民族風的建築物。入口雖然很暗，但裡面非常明亮又寬敞。

奇諾才剛買好門票走進去，便有一名女性從裡面走出來迎接她。對方雖是白髮的老婦人，不過身材纖細，背也很挺。看起來是個和藹又聰慧的人。她用洪亮的聲音說：

「歡迎來到本歷史博物館，我是這裡的館長。」

「您好，館長。我是奇諾，這位是我的伙伴漢密斯。」

奇諾自我介紹完後，漢密斯也跟她打了聲招呼。

過沒多久，奇諾跟漢密斯在館長的帶領下參觀整個博物館。裡面沒有半個其他的觀光客。

館內還設置了讓坐輪椅的人也能參觀的斜坡，而且展示品的高度也都有仔細考量過。因此奇諾得以推著漢密斯到處參觀。

每樣展示品都做得很精緻。譬如利用精密的模型重現人們初次到這片荒地居住，乃至城鎮越擴越大的整個過程。以及當時生活所需的各種道具，甚至還有當年初次發行的報紙。

說明不僅淺顯易懂，還充分運用了文章、音樂及影片。對於奇諾跟漢密斯不懂的單字，館長還很細心的加以解釋。因此奇諾是看得津津有味。

走了一段路，來到了「近代史」區。

而展示品的格調也突然改變。

之前主要是展示人們的生活習慣及文化遺產等充滿溫和感的物品，但從這裡開始的展示品卻變成武器、防禦道具及戰場模樣，幾乎都是跟戰爭相關的事物。

而這一區就從入口的說明文，「與鄰國的戰爭起源・殺戮的歷史」開始。

「從這裡開始就是戰爭的歷史。」

館長面不改色的說道。

這國家曾有過長年跟鄰國發生斷斷續續戰爭的情況。

他們的宗教、生活習慣、人種、語言等事物都跟鄰國不同。因此要仇視對方是很容易的事情，一旦爆發戰爭也只會越演越烈。

兩邊的國家始終抱持著總有一天會滅掉對方的想法，因此他們發生一次又一次的戰爭。

但無論怎麼樣就是無法毀掉對方。

即使隔著遼闊的荒野進行戰鬥，獲勝的那方就是沒有餘力乘勝追擊攻進敵國。

然後平息了一段時期之後，雙方又像忽然想到似的朝憎恨的敵國出兵。一樣是在荒野進行戰鬥，但最後是因為雙方打到財政蕭條，才在沒分出勝負的情況下結束了戰爭。

而此國家跟鄰國的這種關係，從一百九十二年前就一直持續到現在。

「原來如此。該不會那片荒野的木乃伊就是戰爭的犧牲者？」

漢密斯問道。館長說：

「不是哦，因為我們的屍體全都是用火葬的方式處理。鄰國也是。」

在漢密斯還沒問「這樣那些木乃伊到底是怎麼回事」之前，邊看其他資料的奇諾說話了。

「館長，根據這裡的說明，這個展示區的歷史到距今十五年前就完全結束。而且現在這個國家看起來既富庶又安定。我也覺得自己很久沒到過像這麼和平的國家呢。」

「沒錯，的確正如妳說的。現在這個國家非常安定。光看人民就可以瞭若指掌，真不愧是見過世面的旅行者。」

館長這麼說並不是在諷刺。

「也就是說，妳們現在跟鄰國沒有戰爭囉？」

「是的，已經沒有了。雖然彼此並沒有交流，但我們不再互相殘殺了。」

奇諾沒再繼續看資料，她轉過身來面對館長並問道：

「戰爭突然在十五年前停止，請問是發生了什麼事嗎？」

館長用她灰色的眼睛凝視著奇諾，奇諾也盯著館長看了好一會兒。

經過一陣子的沉默，館長微笑地說道：

「關於那點，等下一區再做說明，奇諾小姐。不過現在開始的話，距離閉館只剩沒多少的時間。奇諾小姐妳們要在本國停留到什麼時候？」

「我們後天出發，因此在後天的什麼時候都行。」

聽到奇諾這麼說，館長便說：

「那麼明天我能讓奇諾妳們看到妳們想要的答案。一天的時間應該沒關係吧？」

「沒關係，漢密斯呢？」

「我是無所謂，是要參觀什麼？」

聽到漢密斯這麼問，館長答道：

「是『戰爭』喲，我們跟鄰國的。」

「戰爭？我們不想參戰耶～」

漢密斯很坦白地表示不願意。

「放心，實際上我們的戰鬥並不會流血。只是表面上稱之為『戰爭』，但卻不是互相殘殺的那種戰爭。如果妳們願意參觀，就一定能明白我們是怎麼創造和平並努力維持它的。」

隔天早上，奇諾在黎明的時候起床。進行說服者的練習跟保養。然後在餐廳一面吃早餐，一面覺得馬路上怎麼一大早就吵吵鬧鬧的。

漢密斯正納悶怎麼從剛才就看到大批的磁浮艇（註：＝「磁浮交通工具」。指的是磁浮車輛）從旅館前通過。

不久一名年輕士兵說他接到了館長的指示，負責當奇諾跟漢密斯的導遊，然後便帶她們前往城鎮中央的廣場。

廣場上排列了約三十幾架的灰色磁浮艇。其中一半是敞篷式，左右還配備了說服者，而且是用彈藥帶輸入子彈的全自動連射式的。

奇諾她們被要求搭乘標示「旁觀者」的磁浮艇。因為要把漢密斯推上去很不容易，最後還是在磁浮艇的甲板加了木板直接騎上去的。看到這景象的人無不拍手叫好。

磁浮艇隊伍在盛大的歡送下出發。

途中還包括了吃飯跟休息的時間，磁浮艇隊伍飛過茶色荒野，從本國越了四個山頭後才停了下來。

等了一會兒，來了一團相同的磁浮艇。果然也是甲板配備了說服者的樣式。

他們很整齊的把磁浮艇並排靠攏。

他們的軍服跟奇諾他們那個國家的士兵完全不一樣。顏色、設計、搭配都不同。全體人員穿的不是長褲，而是裙子。

「他們是雷魯斯米亞的國防軍喲！」

負責解說的年輕士兵向奇諾跟漢密斯解釋。

「你說的雷魯斯米亞，是跟你們打了兩百年戰爭的鄰國嗎？」

漢密斯問道。

「是的，而現在我們將跟他們『戰爭』喲！」

士兵說道。然後又補充說：

「不過妳們放心，我們不僅很安全，這裡的士兵也不會有任何傷亡的。因為這不再是過去時代的戰爭了。」

不久太陽升到最高點。

而雙方只有配備說服者的磁浮艇開始行動，各國排成一列。換句話說共有兩列整齊的並排著。然後前方跟著一台有特別裝飾的磁浮艇。

那磁浮艇上一名看似祭司的男人說道：

「現在將開始『第一百八十五次的雷魯斯米亞．維爾典魯瓦戰爭』！規則跟往常一樣！」

當那一台開始行動，雙方的磁浮艇也整列尾隨在後。

「我們要跟上去，請抓牢了。」

士兵對奇諾跟漢密斯說他們的磁浮艇不會加入行列，要升空從上面跟隨隊伍。

不久在上空的磁浮艇超越了隊伍。飛了一段距離又越過一個小山丘，便在空中停了下來。

「妳們看到那個了嗎？」

在士兵指的方向有一個大型部落。

在越過山丘的綠洲旁，有不少用泥土造成的簡單房舍。那裡並沒有規劃什麼道路，所以房子的排列很雜亂無章。

看得見有幾個行動中的人類。他們穿著簡單的服裝，使用簡單的道具。似乎還沒發現到正在上空盤旋的磁浮艇。

「那是這附近部落的塔塔塔人。請妳們往北方的地表看。」

奇諾跟漢密斯一看，發現一輛打前鋒的磁浮艇以極快的速度掠過地表。

那台磁浮艇一口氣飛過了從北到南的部落，並且灑下大量的紅粉。此時一條南北紅線被很明顯的劃在部落中心。並且看到幾名塔塔塔人驚慌失措的從屋裡跑出來。

「好了，『戰爭』開始了。東側是我國，西側則是雷魯斯米亞的『戰場』。」

當士兵這麼說的時候，列隊飛來的磁浮艇已經衝到部落裡去了。它們從一列縱隊漂亮的散開。然後士兵開始用說服者射擊。

高亢的連射聲響起，最初在外面的塔塔塔人全被擊倒。磁浮艇則維持不撞到民舍的低高度飛行，只要看到塔塔塔人便開槍射擊。

一名年輕男子正準備躲進屋裡，但是在那之前卻被發現擊中。他像朵鮮紅的花般倒在地上。接著士兵朝著屋子繼續開砲，屋子很快的就整個坍塌。

磁浮艇一迴旋，看到有幾名女性跟小孩從其他屋子跑出來，但她們也立即遭到射殺。想保護小孩的

女性被打得屍體不斷跳動，年幼的小孩則是頭被打飛了。

突然一名腳程快速的男子從其他磁浮艇的旁邊跳了出來。磁浮艇立刻快速迴旋，朝著那個地方開了好幾砲。原本在跑的男子倒在地上。他們還朝他倒下的地方連射，於是鮮血從男子跳動的屍體裡噴出，最後動也不動。

「好極了！幹得好！」

站在奇諾跟漢密斯旁邊的士兵握拳大叫。然後帶著靦腆的笑容說：

「啊……不是啦，剛剛射中的那個人是我哥哥。他從以前就很會『戰爭』了。」

講完之後他像是想到什麼似的說：

「啊，要不要稍微降低高度？這樣妳們可以看得更清楚喲！」

奇諾回答說：

「不必了，這個高度就可以。」

士兵回答說「說的也是，流彈很可怕的」，就又把視線轉回去。

說服者的連續射擊聲依舊響個不停。

這次是逃進綠洲附近樹林裡的塔塔塔人被擊中。樹林裡劃有紅線，東側的磁浮艇就待在東側，西側的只在西側。雙方都很機靈的各打各的。不久樹木也全被擊倒，從樹木的空隙中依稀可看到紅色物體。

幾名跳進綠洲水池的人，也被瘋狂掃射到水花四濺。不久水池也被染紅一片，還浮起一些看不出是什麼東西的物體。

奇諾突然看到塔塔塔年輕人朝磁浮艇丟斧頭，並且擊中上面一名士兵。士兵一面按住疼痛的腳一面反擊。結果那名年輕人的上半身消失在紅霧裡，到最後是整個人完全不見。但那名士兵也從座椅上摔下去，幸好其他士兵抓住他說服者的槍托。

準備逃出部落外面的人們，被在最外側盤旋的磁浮艇狙擊，但因為人數眾多而無法全部射擊。幾名逃過槍林彈雨的人就拼命逃離部落，能走多遠就走多遠。磁浮艇並沒有追上去，反倒是集中火力射擊還在裡面的人。

一台磁浮艇在部落裡慢慢巡邏，只要看到倒地的人沒流什麼血，就從上面再補個幾槍。被擊中的那一瞬間，不少人立刻跳了起來。像這種裝死的人，又被多射了好幾槍。

過了好一會兒，部落裡再也看不到任何會動的人類，槍砲聲也就不再那麼激烈。至於逃出部落的，也已經完全看不見人影。

那個時候，太陽只移動了約一個拳頭大的位置。

剛剛的前導機再度在部落上面邊鳴笛邊盤旋。當磁浮艇停止射擊，便在部落旁邊集合，然後跟剛來的時候一樣排成一列。

「時間到了，『戰爭』結束。」

士兵說完之後，原本在上空的磁浮艇全降在部落裡。

「他們是『計算者』。接下來會請磁浮艇戴運雙方在『戰場』上陣亡的屍體。然後磁浮艇的掃瞄器會測量屍體的重量。最多的那一方就是這場『戰爭』的勝利者。我們要先到剛剛的集合地等待，因此現在必須離開了。沒有問題吧？」

奇諾點頭表示同意。雖然連上空都嗅得到血腥味，但磁浮艇一發動就馬上消失了。

磁浮艇回到剛才的集合地點等待「計算者」。

每個士兵的表情都很開心。不久之前他們都不跟對手國的士兵交談，現在則是磁浮艇停好之後就邊笑邊聊天。將領們也都坐在桌上談笑風生。

剛剛腳部被斧頭砍傷的士兵們包著繃帶出現，全體士兵都替他拍手喝采。此時將領授予笑容靦腆的他一枚不知名的勳章，士兵們更是興奮的站了起來。

不久「計算者」回來了。這些磁浮艇上面堆滿了屍體。鮮血甚至還從甲板流了下來。

宣佈戰爭開始的男人站在甲板上大叫。

「計算的結果是十對九！第一百八十五次『戰爭』的勝利國是維爾典魯瓦！」

剎那間維爾典魯瓦的士兵情緒沸騰。相反的，雷魯斯米亞的士兵們則是仰天長嘆。但很快的，他們全體就向勝利國的士兵們致敬。

而維爾典魯瓦的士兵也馬上回禮。

接著雙方一面揮著帽子，一面搭著磁浮艇踏上歸途。

奇諾跟漢密斯搭乘的磁浮艇上的士兵則難掩興奮心情地說：

「太好了！我們贏了！奇諾、漢密斯，等一下回國之後鐵定舉國歡騰喲！啊～好開心哦。對了，如果妳們想補充旅行用的物品，絕對要趁今天喲。因為大家的心情會ＨＩＧＨ翻天，所有東西都會大減價喲！」

「對了，可以問你一個問題嗎？」

漢密斯向士兵問道。

「儘管問儘管問！」

「那台『計算者』會怎麼處置那些屍體？該不會是帶回國內吧？」

「當然不可能囉，在我國東方有個棄置場，屆時會把他們適當地丟在那裡的。」

「真的是丟掉？我早就在想不會是那樣吧。奇諾，這下子木乃伊的謎團解開了喲！」

隔天早上，奇諾依舊在黎明的時候起床。

街道一片寂靜。

昨天晚上，這個因為「戰勝」而情緒沸騰的國家，走到哪兒都可見歡樂的氣氛。街道充斥著酒、歡笑聲及音樂。

正如士兵所說的，奇諾在購買攜帶糧食的時候，喝醉的老闆竟然賣得比平時還要便宜。雖然漢密斯說再堆會放不下的，不過奇諾還是買了一大堆。然後早早就回飯店去。飯店裡連一個人也沒有。

早上沖過澡的奇諾，稍微做了說服者的保養與訓練。檢查好行李之後，便把放比較久的攜帶糧食當早餐吃掉。

等到日上三竿的時候，奇諾敲醒了還在熟睡的漢密斯。本來漢密斯還想再賴一下床，但是一聽到奇諾說要去歷史博物館就整個清醒過來。

來到歷史博物館門口，可能是昨晚瘋了一整夜的年輕衛兵抱著酒瓶倒在地上呼呼大睡。於是她拿了兩條毛毯替士兵蓋上。

當奇諾跟漢密斯緩緩走進博物館，館長出來迎接她們。

「早安，奇諾、漢密斯。謝謝妳們再度光臨。」

「早安，館長。我們是來繼續看前天沒看完的部份，我要買兩張門票。」

當奇諾這麼說，館長則說：

「今天並不需要付費，因為是『戰勝紀念日』，所以休館。」

說著便從出口處幫奇諾跟漢密斯帶路。由於裡面並沒有點燈，所以她們是走在昏暗的通道上。

「來，請進。」

館長此時如此說道，並打開電燈跟展示物的開關。

那裡是標示「戰爭的進化．與和平共存」的區域。此時館長問道：

「看過昨天的『戰爭』嗎？」

漢密斯立刻回答：

「看過了，木乃伊之謎也解開了。」

館長說「這樣啊」，然後像是催促奇諾發言似地看著她。

「那就是妳們的戰爭嗎？在我看來，只是虐殺或處死塔塔塔人耶。」

奇諾的表情及語氣跟平常沒什麼兩樣。她沒有斥責，沒有生氣，也不表示訝異。只是單純的問問題。

館長則回答：

「這個嘛，光從昨天的體驗，或許妳會那麼認為。不過那就是我們的『戰爭』。」

「為什麼會變成這樣？方便的話可否請妳解釋呢？」

奇諾的口氣像是對老師提出問題的學生。

館長打開最後一只展示箱的開關。出現的是現代史。

「正如妳前天看到的，這國家跟鄰國的戰爭從沒有間斷過。」

館長打開螢幕。跑出「兩分鐘的戰場」的標題。

在全黑的畫面裡，慢慢出現形體跟顏色。有幾名士兵面露恐懼地蜷縮在荒野的戰壕裡，手上還緊握著長型說服者。不久發出咻——的聲音，士兵們立刻趴下。螢幕上的聲音突然消失，整個畫面搖動並揚起滿天的灰塵。幾名士兵開始大叫。就在聲音恢復正常的那一瞬間，士兵們一起衝出戰壕進行突擊。畫面跟著士兵後面跑，能夠看見奔跑的士兵們背後的身影，也聽得見他們的叫聲。突然砰的一聲，似乎有什麼快速的黑色物體飛來。其中一個落在地面彈了起來。而一名位於畫面左側的士兵胸部中彈，他的身體變成了一半。

「不知道有多少人喪命在長年不間斷的戰爭裡。剛剛那個失去上半身的人就是我丈夫。」

畫面突然變得亂七八糟，不僅聲音消失還整個變暗，然後隨著沙塵暴消失。

螢幕播放的影片停了下來。

館長直到奇諾轉頭看她才慢慢開口說道：

「過去的戰爭我都還記得很清楚。以前的事我都記得很清楚。我有四個兒子。他們都是我的無價之寶。自從失去丈夫之後，我為了撫養孩子長大成人而活下來。」

「…………」

「可是第一百六十九次戰爭開打，那些孩子說要替父親報仇而紛紛志願加入防衛軍。最初是二兒子索托斯遭到狙擊身亡。隔天，三兒子達特斯因為誤踩地雷而被炸得粉身碎骨。」

在剛剛昏暗的展示用牆壁上，映出了一張大照片。

上面是年輕時候留著長髮的館長，以及圍在她身邊的四個兒子。每個孩子都爽朗的露出牙齒笑著，當然她也是。

「大兒子烏特斯為了幫助同袍而留在前線，結果在自己人的轟炸行動中，跟著敵軍一起被炸死。最後僅存的小兒子約特斯說要連同哥哥的份努力殺敵，還說一定會活著回來。結果他也一去不回，當時那孩子才九歲呢。」

語氣平淡的館長，她的表情在昏暗的光線中看起來似乎是在微笑。

「當時仍舊沒分出勝負的戰爭結束了，但過沒多久下一場戰爭可能即將開始。我不曉得這種不斷重覆的戰爭到底有何意義？為什麼這種沒有了斷的殺戮要一再的重覆？我把四個兒子全送上戰場，也一次失去了他們，因此成了榮譽國民。於是我利用那個地位對大家發表『停止戰爭』的訴求。」

「…………」

「當然戰爭並沒有因此而消失。如果這樣就能停止戰爭，那麼它能夠存在這麼久就是件很可笑的事了。我想到是否有什麼東西可以代替現有的戰爭，於是有了一項提案。」

「就是襲擊塔塔人嗎？那個方法是妳想到的嗎？」

「沒錯。就是『把塔塔人當做敵軍，殺敵數量多的那一方就算是那場戰爭的勝利國』。如此一來，就能夠順利發洩我們人類原有的競爭心、敵愾心及殘忍度。然後……當我發表那個主意的時候，碰巧對方國家也有一名女性跟我有相同的想法。」

說著，館長稍微走了幾步，並帶奇諾看下一個展示品。

「十五年前我們第一次見面的時候，她拿了張照片給我看。照片上是她的孩子們，大家都很可愛很優秀，我知道他們全是她的心肝寶貝。只是他們也全都戰死了。」

螢幕上出現報導當時情景的新聞檔案照片。一名穿著陌生服裝的女性擁抱著比現在還瘦的館長。

「於是雙方國家實驗性的執行我跟她的想法。那是距今十五年前的事了。」

接下來館長打開的螢幕，映出的是這國家現今的風景。奇諾看到的是和平的街道跟開朗的居民。

「自此之後，兩國之間從未發生過任何戰爭。國家安定發展，人口也逐漸增加。現在年齡層較輕的

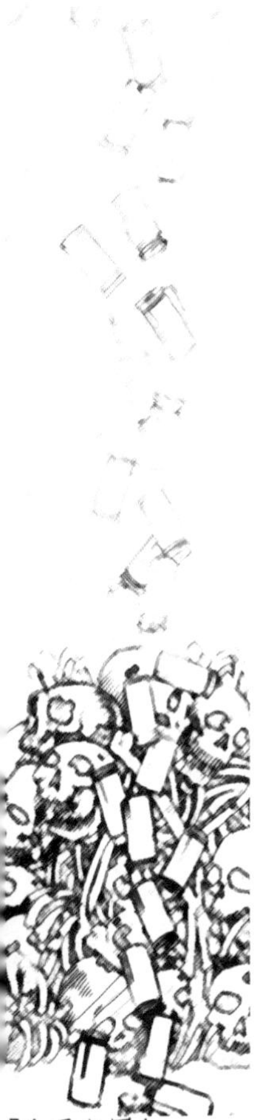

母親應該永遠不會跟我有同樣的經驗。她們幸福的生兒育女，未來她們的兒女還能親自埋葬她們。而活著的人將會依序死去。這就是這個和平國家的現況。奇諾、漢密斯，妳們的歷史資料館之旅到此全部結束。」

然後館長在胸前雙手合十微笑說道：

「參觀辛苦了。」

「我可以問問題嗎？」

奇諾問道。

「可以，請問。」

「被殘殺的塔塔塔人呢？我想他們也有自己的生活及家人吧？」

「是的，一點也沒錯。可是追求和平不是簡單的事情。一定要有所犧牲才能到達成這個目標。過去犧牲的是我們可愛的孩子。年幼的士兵在有如人間煉獄的戰場戰鬥，拼死保衛我們的國家。」

「……………」

「不過現在不同了。塔塔塔人無法對抗我們，所以任何人都不需要跟他們戰鬥。這樣我們的孩子們也不必枉死在戰場上，這是件多麼值得欣慰的事情。要是無法接受塔塔塔人的犧牲，一旦兩國再重蹈覆轍的引發過去那種戰爭，那犧牲者的數目一定遠超過塔塔塔人的犧牲。」

館長用力的一句一句說，然後又重覆一遍。

「追求和平一定要有所犧牲。但那絕不能是我們自己的孩子。既然塔塔人的死能夠保住我們和平的生活，對我們來說那可是歡迎之至的事情。」

奇諾想了一會兒之後，說出她的感想。

「館長，我實在想不透。到底是現在的妳不對？還是過去的人才是正確的？」

聽到她這麼說的館長慢慢露出微笑，稍微蹲下身來把雙手搭在奇諾纖細的肩膀上，然後用溫柔的口氣對她說：

「或許吧，不過等妳再長大一點，就能瞭解我現在的心情喲。」

「是這樣嗎？」

「是的，奇諾小姐。當妳有了自己的孩子，並從體內感受到那孩子的體溫的時候，妳一定就會瞭解的。」

叫做奇諾的少女什麼也沒回答。

幾乎是城裡的人全部出來歡送之後，奇諾她們離開了這個國家。太陽還在相當高的位置。

奇諾跟漢密斯在原野的單行道上奔馳。兩個輪胎不斷捲起濃厚的煙塵。

當她們穿過城牆之後，直到太陽距離地平線只剩2個拳頭高之前，雖然一直保持相當快的速度行駛，但景色都沒有改變。茶色的泥土跟遠處光禿禿的山，以及偶爾進入眼簾的大鐵筒。

「嗯？」

奇諾在前進方向的遠處看到了什麼。接著她馬上看出那是人群。這時漢密斯也看到了。

「有人喲。」

奇諾慢慢放開油門。她知道他們是塔塔塔人。

其中幾個健壯的塔塔塔年輕人擋在道路前方。手上拿著比自己還高的長棍及大斧。

奇諾緩緩把漢密斯停在他們前面。

這裡大約有二十多名塔塔塔人，旁邊那一群應該是他們騎乘的家畜。

奇諾下了漢密斯之後把主腳架立好。然後把大衣前的鈕釦全打開，讓它變成披在身上的樣子。再把防風眼鏡及領巾從臉上拿下來。

一名持棒的塔塔塔年輕人朝奇諾走了幾步並說：

「請妳現在跟我們到我們村子一趟，我們決定要在眾人面前把妳碎屍萬段。」

奇諾看著這群塔塔塔人，其中有女性、小孩，也有老人。所有的人都瞪著奇諾。

「為什麼？」

奇諾毫不驚訝的問。

「我們要報仇。就算是洩一點點憤也無所謂，只要能滿足我們的復仇心就行了。」

「但我不是那個國家的人喲。」

奇諾冷靜的說道。結果年輕人語氣平淡，毫無感情的說：

「這我們當然知道，妳是旅行者對吧？我們不曉得妳是否知道，但我們非常憎恨那個國家。他們沒有任何動機地濫殺我們，還把屍體丟在我們找不到的地方。害我們想要埋葬心愛的人都辦不到……」

「……」

「可是我們怎麼打都打不贏他們。所以這個時候我們不管妳是誰，只是要將剛好通過這裡的妳虐殺致死，這樣至少可以讓我們發洩一下心中的怨氣。其實妳並沒有錯，只能怪妳運氣不好。」

年輕人慢慢地接近奇諾。

漢密斯吃驚的說：

「怎麼辦奇諾？妳打算在這裡被他們吃掉嗎？」

奇諾並沒有回答漢密斯。反倒是大聲的對在場的塔塔塔人說：

「我能體會你們的心情，可是我並不想死。我不會忘記你們的，抱歉告辭了。」

她說完這些話便轉身向漢密斯走去。

塔塔塔年輕人開始靠上來，想揮棒把奇諾打昏。奇諾輕快的轉身。

年輕人看了一下距離相當近且抬頭望著他的奇諾。

「哇啊！」

他瞄準眼前那顆小小的頭，一面吆喝一面用力揮下棒子。

奇諾把身體往右略傾，迅速拔出右腿的「卡農」後隨即開槍。

槍聲響起的同時，兩人之間瀰漫著液體火藥特有的白煙，但馬上就消散了。

年輕人維持舉棒的姿勢僵在原地，臉則是往上仰。

接著他慢慢的往後倒，摔在地上的時候還揚起塵土。他上顎冒出暗紅色的血，從嘴巴溢了出來，染紅了他的胸口，然後被乾燥的大地吸進地底。

右手握著「卡農」的奇諾看到其他塔塔塔人開始四處逃竄，直到她看不見人影為止。

「這個人怎麼辦？要埋葬他嗎？」

漢密斯問道。

「不必了，他們等一下就會回來埋葬他吧。」

奇諾一邊回答一邊把說服者收進槍袋裡。她把擊鐵稍微往上扳，然後用槍袋裡的皮帶繫著前端。

奇諾騎上漢密斯，邊戴防風眼鏡跟方巾邊說：

「我們走吧。」

「說的也是。」

漢密斯立刻說道。

接著摩托車便拋下屍體離開。

塵土開始瀰漫起來。並且將倒在地上不再動彈的塔塔塔年輕人整個覆蓋住。

當塵埃落定的時候，摩托車早已經不見蹤影了。

尾聲「在森林裡・a」

—Lost in the Forest・a—

在夜晚的森林裡。

粗大的樹木櫛比鱗次地聳立，它們的枝葉彷彿寶蓋一般。白天鮮嫩的綠葉，現在看起來則是一片漆黑。

往地面延伸的樹根旁，火堆殘留的小火苗還在搖晃著。

一丁點火苗所造出的微暗世界中，奇諾裹在大衣裡蜷縮著身子，靠在粗大的根幹所形成的曲線上閉目休息。卸下全部行李的漢密斯則停在距離火堆稍遠的地方。鍍金的零件隱約倒映出小火苗。

「奇諾？妳還沒睡嗎？」

漢密斯小聲地問道。

「對，我還沒睡。」

奇諾也馬上回答它。

漢密斯用比平常低的聲調說：

「摩托車在奔馳的時候感到最幸福。只要旅行就有機會每天奔馳。所以我很喜歡旅行。」

「喔……咦？幹嘛突然講這些？」

奇諾以相當吃驚的樣子問道。漢密斯用老師般的口吻說：

「難道妳不知道嗎？奇諾。這就是所謂的三段論法喲。」

「……三段論法？」

「沒錯，就是那個。」

說完，漢密斯便沉默下來。

「那是？」

奇諾對漢密斯開頭的話題感興趣而詢問它。

「沒有啦，我只是心裡有些疑問而已。這樣的話，那人類是為了什麼而旅行呢？」

漢密斯難得用認真的語氣那麼說。

「人類嗎？還是指我？」

「在森林裡・a」
—Lost in the Forest・a—

奇諾也認真的反問它。

「先回答我人類吧。」

奇諾喃喃地說這個嘛……

「因為想去以前從未去過的地方。想看沒看過的事物。想吃沒吃過的食物。想跟沒見過面的人們說話……應該就是這樣，夠單純吧？」

「嗯，這倒是不難瞭解。」

漢密斯心服口服的說道。

「沒錯，實際上可能更複雜，但還是能簡單解釋。」

「那麼奇諾呢？妳為什麼要不斷旅行？我知道妳已經無家可歸了，但這一路來也遇上了不少倒楣事，差點被殺，旅途中也吃了很多苦……妳不覺得自己該找個地方落地生根嗎？憑妳那說服者的本事，一定很多人搶著雇用妳喲。不然在妳師父那裡生活也是不錯的選擇。」

漢密斯一口氣說完，奇諾則用平靜的語氣說：

「說的也是，這點你說的很對。」

漢密斯沉默了一會兒，但因為奇諾沒有再把話說下去，它又問了。

「那麼妳明知道如此，為什麼還要繼續旅行呢？」

奇諾並沒有回答那個問題，她只是起身。左手握著「森之人」，右手拿泥土灑在火堆上。

最後僅存的殘火便消失了。

「奇諾の旅I——the Beautiful World——」完

「在森林裡・a」
—Lost in the Forest・a—

後記
—Preface—

我是個在閱讀本文以前會先看後記的人。或許該說我是個無法不看的人才是正確的說法。在書店煩惱該不該買手上這本書的時候，我大多是看過後記之後再做決定。不過也因此，當後記裡有提及本文要緊的題材或重要關鍵時，那就慘了。我好幾次都因為這樣而大傷腦筋。所以，「如果哪一天我要寫後記，絕對不會提及跟本文題材相關的事情。」

這個決定一直藏在我心裡，至今二十幾年都沒有改變。

因此這篇後記完全跟本文題材無關，是為尚未閱讀本文的讀者所做的貼心設計。因為只有簡單明瞭的短短兩頁，這對腋下夾著沉重包包，站著看書的你來說，感覺很棒吧？所以請放寬心地閱讀吧。

而這就是「奇諾の旅—the Beautiful World—」。

這部作品在第六回電擊ＧＡＭＥ小說大賞被選為最終審查候補作品。雖然很遺憾沒有得獎，卻很榮幸能在「電擊ｈｐ」裡刊登，讓本書得以加入電擊文庫的行列。而且，跟在「電擊ｈｐ」刊登的時候比起來，故事內容（第二話）也更加充實，也多了黑星紅白老師美麗的插畫點綴。因此對於已經看過的讀者來說，是很值得購買的。

這一部是屬於短篇系列的作品，因此故事是以一話完結的方式呈現。所以不管從哪裡開始看都沒關係，但推薦您第一次還是照話數的順序來閱讀。第二次以後才照您個人喜好的順序來看，我想應該會有另一種不同的樂趣吧。

如果要簡單解釋這是個什麼樣的故事，就是主角奇諾跟伙伴漢密斯，到各個國家旅行的所見所聞……

……以上報告完畢。

或許你會覺得我在搞什麼，這點解釋根本就不夠。不過當你看完本文的時候，應該就會有所感觸。它就是那樣的故事內容。

那麼，就請大家慢慢享受本篇故事吧！

二〇〇〇年　春　　時雨沢　惠一

附註　如果能在閱讀本篇故事之前先到櫃台付帳，相信您能以更舒適的狀況閱讀。

編註　由於奇諾的外型常被誤認為男孩子，在本書中，當有人稱呼她為「你」時，就表示對方沒發現她是女孩子。

國家圖書館出版品預行編目資料

奇諾の旅：the Beautiful World／時雨沢 惠一作
；莊湘萍譯．--初版--臺北市：臺灣國際角川，
2004-〔民93-〕冊；公分
譯自：キノの旅 :the Beautiful World
ISBN 986-7664-77-9（第1冊：平裝）

861.57 93002314

Kadokawa
Fantastic
Novels

奇諾の旅 I
—the Beautiful World—

（原著名：キノの旅—the Beautiful World—）

2004年3月27日 初版第1刷發行
2023年9月22日 初版第16刷發行

作　者：時雨沢惠一
插　畫：黑星紅白
日版設計：鎌部善彦
譯　者：莊湘萍
發行人：岩崎剛人
總編輯：蔡佩芬
編　輯：黎夢萍
美術設計：宋芳茹
印　務：李明修（主任）、張加恩（主任）、張凱棋

發行所：台灣角川股份有限公司
地　址：104台北市中山區松江路223號3樓
電　話：（02）2515-3000
傳　真：（02）2515-0033
網　址：www.kadokawa.com.tw
劃撥帳戶：台灣角川股份有限公司
劃撥帳號：19487412
法律顧問：有澤法律事務所
製　版：巨茂科技印刷有限公司
ISBN：978-986-766-477-8
